dtv

Wer waren die Musen? Wie viele? Woher stammten sie und welche Aufgabe wies man ihnen zu? Wie wurden sie zu den Schirmherrinnen der Künste? Und welcher Künste? Und was hat die Poesie damit zu tun? So wenig eine Paraphrase das Gedicht ersetzt, so wenig läßt sich der über tausend Jahre gewachsene Mythos der Musen als logisch aufgebaute Geschichte erzählen. Raoul Schrott hat die Fragmente gesammelt, die von den Musen berichten. Und er erzählt vom heute noch sichtbaren Ort, wo der Mythos festgemacht werden kann, dem Tal der Musen und der Hippokrene am Berg Helikon, dem Brunnen, wo laut Mythos die Poesie entstand.

Raoul Schrott, Jahrgang 1964, Dozent für Vergleichende Literaturwissenschaft. Er lebt heute in Irland. Für sein lyrisches und erzählerisches Werk wurde er mehrfach ausgezeichnet. Von Raoul Schrott sind im Deutschen Taschenbuch Verlag erschienen: *Finis Terrae* (12352), *Hotels* (12585), *Die Erfindung der Poesie* (12703), *Die Erde ist blau wie eine Orange* (12704).

Raoul Schrott

DIE MUSEN

Deutscher Taschenbuch Verlag

Ungekürzte, vom Autor neu durchgesehene Ausgabe
Juni 2000
Deutscher Taschenbuch Verlag GmbH & Co. KG,
München
www.dtv.de

Umschlagkonzept: Balk & Brumshagen
Umschlagfoto: Herbert List (© Herbert List Nachlaß, Hamburg)
Satz: Mangasser, Mering
Gesetzt aus der Garamond
Druck und Bindung: C. H. Beck'sche Buchdruckerei,
Nördlingen
Gedruckt auf säurefreiem, chlorfrei gebleichtem Papier
Printed in Germany · ISBN 3-423-12788-0

[ομου ουσαι]

askra ist rauh im winter elend im sommer und niemals
angenehm und nur bis zu ihren ruinen reichte der schatten
dann war die sonne nur mehr ein kratzer
der auf dem zinkblech des himmels grau oxydierte
vom musenaltar unter der schutthalde des tals
sah man nur mehr ein paar quadersteine im geviert
und splitter eines baumes im theaterrund · den hain hatten
jahrhunderte bis zur flanke gerodet · gelb im gleißenden karst
der hänge aber waren stauden wilden salbeis mit den lohen
seiner rispen geblieben – helikon
zu seinem im geröll bestandenen bergrücken führten
nur ziegensteige und nicht ein weg hinauf · auf der hochebene
wo die krokusse wuchsen lagen leere schneckengehäuse
die vögel hergetragen und aufgestochen hatten · die hippokrene
aber war weiter dem gipfel zu und auf der suche nach der quelle
gingen wir jede doline einzeln ab · immer im selben grell
am grund der senke war die erde aufgerissen als hätte ein tier
nach wurzeln oder wasser gescharrt und der wind täuschte
kann sein aber einmal hörten wir hufschlag und das schnauben
eines wilden esels oder das rauschen eines flügels im tauben
gestein wie einen in die kehle kommenden vokal –
jetzt jedoch während ich die zeilen zu einer konsonanz
in der erinnerung zusammensetze und die steinfigur der fontäne
im letzten halben licht des nachmittags wie grünspan
glänzt von den ins becken geworfenen münzen ist es ein ritual
das sich nicht zu ende bringen läßt eine reminiszenz
an eine sprache gleich und zu gleich unter einem anderen meridian

the royal star & garter home,
richmond, surrey, 4.10.93

für binja

INHALT

Links der Helikon, von Askra aus gesehen; darunter das Tal der Musen (Aufnahme: Paul Jamot, 1888)

Jede Geschichtsschreibung geschieht *a posteriori*, in der kausalen Kette einer Zeitenfolge, nur der Mythos schreibt sich beständig in die Gegenwart ein, in der er beruht. Er erklärt Welten, indem er sie immer wieder aufs neue allegorisiert, und über seine Akteure macht er Welten nicht nur zugänglich, sondern erschafft sie erst. Was der Mythos erzählt, ist diskursiv. Er beschreibt die Welt nicht nach logischen Gesichtspunkten und einer formalen Wahrheit, sondern als ein Ereignis, als Verwirklichung subjektiver Dispositionen – darin ist er im Grunde metaphorisch.

In seinen Kosmogonien besitzt der Mythos eine Struktur, welche die Dinge über die Metapher und die Metamorphose aus- und ineinander erklärt, während die Geschichtsschreibung sich bemüht, das Neben- und Nacheinander herauszustreichen. Der Mythos beruht auf einem Verständnis von Dingen, die *a priori* bereits Teil eines Ganzen sind: Spiegelungen des Menschlichen, Personifikationen einer humanen Totalität, Archetypen eines kollektiven Unbewußten, das Rationales und Irrationales umfaßt. Er verankert diese subjektiven Dimensionen in der Welt; doch um ihr Bestand im Fluß der Dinge zu verleihen, muß er sie in seine Genealogie einschreiben. Dort, wo sich Vergangenheit und Gegenwart, Raum und Zeit überschneiden, ist sein Ort – eine grundlegend poetische Struktur.

*

Was war die ursprüngliche Bedeutung des Wortes Mythos? In der *Odyssee* taucht dieses Wort erstmals auf, und die deutschen

Übersetzungen schwanken zwischen *Geheimnis, Wort* und *Sache.* Doch gerade in diesem Oszillieren liegt das Wesen und der Sinn des Mythos wie der Poesie – beide sind sie das Rätsel zwischen den Worten und Dingen, das, was die Grenze zwischen Signifikanten und Signifikaten zieht. Und beide interpretieren sie nicht, sondern stellen nur vor und dar.

Der Mythos abstrahiert nicht von der Welt, sondern personifiziert sie in seinen Göttern, Halbgöttern und Helden. Ihre Rollen sind archetypisch, ihre Charaktere metaphorisch und ihre Verteilung anfangs meist noch übersichtlich. Doch je weiter er neue Erkenntnisse inkorporieren muß, je komplexer die Welt wird, desto komplizierter wird das Stück, das sich Mythos nennt, desto mehr Widersprüche, Eigenschaften und Motivationen haben seine Protagonisten zu verkörpern. So werden die Rollen mit der Zeit unscharf, sie beginnen sich anzugleichen und auszudehnen. Zu vieles spielt sich gleichzeitig auf anderen Bühnen ab, überall haben sie ihre Gastauftritte, kein Stück kommt ohne prominente Besetzung aus – bis sich die Akteure doppeln und in allen möglichen Verkleidungen auch schließlich ihre Antagonisten zu spielen beginnen.

Gaia – das ist auch Rheia und Iphimedeia, Demeter, Hekate, Styx, Chimaira; Poseidon wiederum hat gewisse Züge mit Uranos, den Giganten und Titanen, Dionysos, Eros und Pan gemein. All diese Namen sind nur Pseudonyme für bestimmte Triebe und Profile in einer immer wieder anders inszenierten Improvisation, die für jeden Ort, an dem sie gespielt wird, neu adaptiert und variiert wird. Aufgezeichnet besteht er dann nur mehr aus Entwürfen, Skizzen, verschiedenen Fassungen und Varianten, ohne daß es je einen Autor oder eine Fassung letzter Hand gäbe. Überliefert werden nur verschiedene Entstehungsstadien und Interpretationen, in denen alles zugleich und doch

nur bruchstückhaft durchscheint – darin ist der Mythos ein riesiges Palimpsest.
Und doch ist der Mythos nie das, *was* er, sondern *daß* und *wie* er erzählt. Er läßt sich eigentlich nicht analysieren, sondern nur nachvollziehen, er läßt sich nicht in eine abhandelnde Prosa umschreiben, genausowenig wie die Paraphrase ein Gedicht ersetzen kann. Der Mythos erzählt sich selbst. In den Metamorphosen seiner Metaphern, seiner assoziativen *variatio*, ruht er in sich selbst: als Tautologie. Die Welt ist ihm das, was sie immer schon war, sie entwickelt sich nicht. In dieser Reduktion liegt die Aufgabe des Mythos – und auch seine Poetik. Die Poetik des Mythos und der Mythos der Poesie, das sind zwei Tautologien *par excellence.*
Die Prosa geht von den Gemeinplätzen der Logik aus; die Sprache eines Gedichts jedoch, seine Similes und Metaphern erschaffen eine virtuelle Welt: reale Denotate, die durch ihre Übertragung auf- und ineinander zu irrealen Konnotaten führen. Im Mythos werden diese Metaphern von den Göttern und Heroen personifiziert; sie werden zu den Protagonisten eines virtuellen Kosmos, der nur die Projektionsfläche eines inneren Universums ist, eines Unbewußten, wenn man so will. Gleichzeitig aber bleiben die Götter im Mythos Platzhalter für die Aporie jeder Erkenntnis; was allein sich einer Auslegung erschließt, ist das Beziehungsgefüge zwischen diesen Leerstellen – mit was immer man sie besetzen will; Sinn erschließt sich nur durch die Diagonalen, die sich zwischen ihnen ziehen lassen: in der Konstellation der Symbole. Es ist in diesem Rahmen, daß die Interpretation des Mythos und die Poesie rund um die Musen ansetzen kann.

**

Das Wort Poetik kommt vom griechischen *poiein*, das verfertigen und hervorbringen bedeutet; Lyrik ist das griechische *lyrikos*, zum Spiel der Lyra gehörige, die zur Musik gesetzten Worte. Musik wiederum ist das griechische *musike*, Gesang, Tanz und musikalische Begleitung in ihrer Einheit, dem Ereignis der Musen.

Homer und Hesiod aber waren noch keine Dichter: Sie waren *aoidoi*, Sänger, welche eine orale Tradition der Dichtung überlieferten, die sich erst mit der Schrift von der Sprache und der Musik trennte. Die Poesie entwickelt sich so auf dem umgekehrten Weg zu ihrer Etymologie.

Das Paradigma der griechischen Poesie ist nur schwer von dem des Mythos zu trennen; um einen ersten Anhaltspunkt zu geben, mag ein Vergleich von Interesse sein. Im irischen Sprachraum, jenem, der seine indo-europäischen Wurzeln am längsten bewahrte, nannte man den Dichter *fili*, was gleichbedeutend mit Seher und Gelehrter war. Er leitet sich vom Imperativ *fil* ab: *da ist, schau!*

In der irischen Sprache sind Schrift und Natur eng verwandt: *fid* bedeutet sowohl *Wald* als auch *Buchstabe*; *rúsc* die Rinde und *rosc* das deklamatorische Gedicht. Die *filidh* bildeten eine Kaste, die das ganze Spektrum des medizinischen, legalen, historischen und religiösen Wissens vermittelte. Ein *fili* war dabei gleichbedeutend mit einem *faith*, einem Propheten und Seher – den auch die Griechen als *ovateis* – Vates – kannten. Seine Funktion war es in erster Linie, die Götter in alliterativen Aufreihliedern zu preisen, danach erst die weltlichen Herren, und sein Medium war die Sprache, die gebundene Sprache, die an und für die Erinnerung gebundene Sprache. Was diese Erinnerungsleistung bezeichnete, war das mit *fili* verwandte Wort *fel*: die Kunst der Musik, in der das Wissen transponiert wurde.

Die altirische Vokabel für Poesie selbst war *creth*, das mit *cruth*, der Form, ebenso verwandt ist wie mit dem vedischen Wort für *machen* und den slawischen und litauischen Wurzeln der Magie: dem Zauberspruch. *Creth* heißt also, das eine in das andere zu verwandeln, es durch das Wort, die Magie, die Metapher zu übertragen. Die drei Künste der Poesie waren das prophetische Kauen des Fleisches und des Markes, die erleuchtende Divination der Eingeweideschau und die spontane Inkantation vor Köpfen und Knochen: Poesie, Prophezeiung und Magie. Das altirische Wort für die Kunst der Poesie aber – *ai* – geht wieder auf das Unsagbare zurück, auf *cluas*, das Ohr, *guth*, die Zunge, und *anal*, den Atem und den Wind: die Inspiration.
Jeder Dichter war bis zu einem gewissen Grad also auch eine Art Schamane und Magier. Was seine Aufgabe prägte, war der Glaube daran, daß das Wort ein Träger der Magie war, daß es Gedanken vergegenständlichen, Eigenschaften verdinglichen und Götter in Erscheinung rufen kann. Das griechische Wort *krainon* in der *homerischen Hymne an Hermes* ist in diesem Sinne gebraucht: der Gott wird durch den Lobgesang erst ins Leben gerufen; es ist der Dichter, der die Dinge erst in Existenz bringt.
Nichts von diesen Vorstellungen und Etymologien ist selbstverständlich; was Poesie und Mythos jedoch ursprünglich gemeinsam haben, ist – wie in der irischen Tradition – ein ihnen zu Grunde liegender Pantheismus und der religiöse Rahmen, in dem sie sich erst nach und nach voneinander abzusetzen und herauszubilden beginnen.

***

Im folgenden wird diese Abhängigkeit näher zu untersuchen sein, um die eigenständigen Anfänge der Poesie und ihre Ent-

wicklung nachvollziehbar zu machen. Die Chronologie dabei ist nur ein formaler Behelf; es handelt sich vielmehr darum, innerhalb der Tautologien des Mythos und der Poesie Strukturen aufzuzeigen, die sie an der Wurzel faßbar machen – sie miteinander vergleichbar werden zu lassen.
Das Material soll in seiner Bandbreite dem Spektrum der Poesie gerecht werden, auch wenn bei jedem einzelnen Stichwort der Zusammenhang nicht immer *in extenso* ausgeführt wird; wenn die Fragmente sich erhellen, dann wechselseitig. Das kleinste gemeinsame Vielfache und der größte gemeinsame Nenner bleiben dabei allerdings so hypothetisch wie der Schnittpunkt zweier Parallelen im Unendlichen.
Die einzelnen Darstellungen haben dennoch einen Ort – den Raum des Mythos: Böotien und der Helikon als Symbol, durch das die Musen in der *Theogonie* eingeführt werden. Hesiod lebte, ein paar Schritte nur vom späteren Musenheilig-

Musental und Helikon von Askra aus gesehen, der Permessos links unten (Aufnahme: P. W. Wallace)

tum entfernt, in Askra, einem abgelegenen Dorf von Bauern in einem fruchtbaren Tal, das er in seinen *Werken und Tagen* als *rauh im Winter, elend im Sommer und niemals angenehm* beschrieb; es liegt auf der Strecke von Theben nach Delphi. Die genaue Topographie des Mythos ist denn auch von großer Bedeutung: der Musenkult hatte am Fuße des östlichen Gipfels des Helikon seinen Sitz. Zu Hesiods Zeit war er noch eine lokale Angelegenheit rund um Askra, von dem aus man in zwei, drei Stunden die Hippokrene knapp unterhalb des Gipfels erreichte, wenn man vom Tal der Musen aufstieg. Mit der Einsetzung der Musenspiele aber und dem Bau des Portikus und des Theaters im Hain – der rechts des Permessos liegt, der das Tal durchzieht –, bekam der Kult überregionale Bedeutung und wurde mit der unweit gelegenen Stadt Thespiai assoziiert, die dort auch – ganz und gar unüblich für den Kult – den Musen einen Tempel errichtete. Im geographischen Umfeld liegen

Der Turm von Askra
(Aufnahme: P. W. Wallace)

weitere bedeutsame Orte wie das Leibethrion-Gebirge nördlich des Helikon und das Trophonios-Orakel bei Lebadaia.
Die Zeitspanne des Mythos, jene mehr oder weniger tausend Jahre, in denen der Musenkult sich entwickelte, stecken die Ausführungen weiter ab – von seinen archaischen Ursprüngen als Fruchtbarkeitskult, der von dem Landstrich Pierien am Fuße des Olymp ausging, über seine Integration in das olympische System der Hellenen, bis zu seiner Ausformung als Mythos der Poesie, der bis ins 2. Jahrhundert unserer Zeitrechnung noch Gültigkeit hatte, um dann wieder in der Renaissance aufzuleben. Die beiden Hauptquellen zu den Musen markieren in etwa diesen Zeitraum: Hesiods[1] *Theogonie* um 700 vor unserer Zeitrechnung zum einen und Pausanias *Reisen in Griechenland* aus dem 2. Jahrhundert n. Chr. zum anderen. Was diese Texte ergänzt, sind Epigramme aus der sogenannten *Griechischen Anthologie,* aber auch Reiseschilderungen aus der Mitte des letzten Jahrhunderts – und vor allem die Ergebnisse der archäologischen Ausgrabungen von Paul Jamot 1888–1889 im Musenhain am Helikon.
Es geht in diesem Essay dennnoch weniger um eine Anthologie aller Texte, die sich auf die Musen beziehen, als um den Versuch, das Paradigma der Poesie aus dem Mythos herauszuarbeiten und die verschiedenen Strukturen, Typologien, Gat-

[1] Die Autorenschaft Hesiods ist immer noch strittig; ich neige der Auffassung Evelyn-Whites zu, daß zumindest das Proömium, in dem hauptsächlich die Rede von den Musen ist, einem Autor zuzuschreiben ist, der sich bereits auf die Tradition rund um Hesiod beruft. Gerade die Zeilen 22–34 lassen sich nur verstehen, wenn man sie einem Priester des Musenkultes in den Mund legt; ihr propagandistischer Ton und ihr missionarischer Eifer machen erst Sinn, wenn man daran denkt, daß sich hier ein *Theor* auf Hesiod beruft, um den Musenkult in Abgrenzung zu den bereits eingeführten Kulten zu legitimieren. Der Einfachheit halber wird im folgenden jedoch nur die Rede von »Hesiod« sein.

tungen und Funktionen der Lyrik sichtbar zu machen, am Beginn der europäischen Tradition. Was daran Theorie ist, mag etymologisch verstanden werden: ein Theor war derjenige, der das Orakel in Delphi befragte oder damit beauftragt war, den Göttern ein Opfer darzubringen. Und auch das Fragmentarische der Ausführungen geht im wörtlichen Sinn auf das Bild der Musen als Mosaik zurück; was es zeigt, ist das Emblem der Hippokrene als sprichwörtlich gewordene Quelle der Dichtung. Die »Roßquelle« auf einem Plateau unterhalb des Gipfels des Helikon existiert noch in ihrer antiken Einfassung und dürfte an die 3000 Jahre alt sein; sie heißt heute *krio pigadi*, der »kalte Brunnen«.

Angedair, Winter 1993

Karte vom Helikon, dem Tal der Musen, Askra und Thespiai (Abbildung: P. W. Wallace)

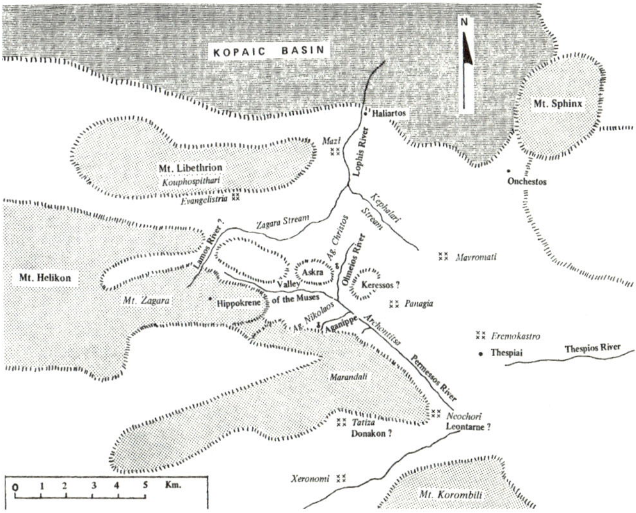

I
DIE ALOIDEN

Den Musen auf dem Helikon sollen zuerst Ephialtes und Otos geopfert und den Berg als den Musen heilig bezeichnet haben; sie sollen auch Askra gegründet haben, so hat es Hegesinos in seiner Atthis *geschrieben:*

Dann gesellte sich zur Askre der Erderschütterer Poseidon;
und sie gab ihm im wechselnden Lauf des Jahres den
Oioklos zum Sohn, der zuerst mit Aloeus' Söhnen Askra erbaute,
die ragende Stadt am Fuße des quellreichen Helikon.

Dieses Gedicht des Hegesinos habe ich nicht gelesen, da es schon vor meiner Geburt nicht mehr vorhanden war, aber der Korinther Kallippos zitierte in seiner Schrift über Orchomenos die Verse des Hegesinos als Beweis für seine Aussage; und so zitiere ich sie eben nach Kallippos. Von Askra aber war zu meiner Zeit nur ein einziger Turm, sonst nichts Bemerkenswertes mehr vorhanden.

(Pausanias, IX 29.1)

Kosmogonie des Thales

Und das Wasser war das, was zuerst war, und die Erde liegt auf ihm, wie Holz auf Wasser schwimmt, denn auf Luft kann nichts ruhen, nur auf dem Wasser. Der Anfang und das Ende des Alls ist das Wasser, denn aus ihm kommen alle Dinge, wenn es verdunstet, und sie werden von ihm wieder fortgeschwemmt. Und die Erde liegt auf dem Wasser wie eine Scheibe, und wenn die Leute sagen, sie bebt, dann schwankt sie, wie alle Dinge sich mit den Wellen bewegen; so kommt es zum Beben der Erde, den Stößen des Windes und dem Kreisen der Gestirne, denn alles bewegt sich und ist im Fluß.

Und die Erde ist rund und flach wie eine Scheibe, und um sie ist das Wasser, wie ein Fluß, der in sich selber mündet. Dieser Strom entspringt unter der Erde in einem Fels, und er fließt durch die Unterwelt und rund um die Scheibe der Erde und das innere Meer. Und das Wasser ist der Gott, die Erde eine Göttin, und sie haben viele Namen – Poseidon für das Wasser, Gaia, Demeter und auch Iphimedeia für die Erde.

Kopf mit Polos aus dem Musenhain

Geburt der Aloiden

Iphimedeia, die Tochter des Triops, hatte sich in Poseidon verliebt, und voll Sehnsucht saß sie auf der Klippe, dann wieder ging sie im Sand auf und ab, wo nur der Tang angeschwemmt wurde, und sie sang, das Meer vor Augen. Du kommst nur an den Strand, wenn ich schon schlafe, und du ziehst dich wieder zurück, wenn ich erwache. Laß das Meer an die felsigen Küsten branden, komm zu mir in der Nacht und bleib am Tag.

Entspring als Quelle, fließ als Bach, wälz dich als Strom, und der Lorbeer wird wachsen, Zypressen und Efeu und Wein; und fruchtbar werden die Weiden, und Milch wird es geben und Käse, daß sich die Darren unter der Last biegen. Wer würde diesen Reichtum nicht dem Meer vorziehen und den Wellen?

Und Iphimedeia schöpfte mit beiden Händen das Wasser der Brandung und goß es sich über die Brüste und füllte damit ihren Schoß. Und so gebar sie von Poseidon die Zwillinge Ephialtes und Otos. Doch damit sie einen richtigen Vater hätten, heiratete sie schwanger noch den Aloeus, den König des Böotischen Asopos. Und so wurden Ephialtes und Otos die aloidischen Zwillinge genannt.

Kopf mit Polos aus dem Musenhain

Iphimedeia und Aloeus

Diese Geschichte, so wie sie Apollodor erzählt und die Theokrit später in seiner elften Idylle in abgewandelter Form als Liebschaft des Kyklopen Polyphemos zur Nymphe Galateia wieder aufnimmt – eine Liebe, für die es außer den pierischen Göttinnen kein Heilmittel gibt –, stellt die unterste Schicht des Mythos der Musen dar. In ihrer Symbolik verweist sie auf die kultische Verehrung von Erde und Wasser und ruft als Fruchtbarkeitsritual die archaische Kosmogonie in Erinnerung. Sie bringt die beiden Urelemente in Verbindung, um sie in einem zu fassen: das aus der Erde sprudelnde Wasser, die Quelle.

In der mythischen Genealogie ist dabei schon die zwillingshafte und zwangsläufige Koppelung von Erde und Wasser enthalten, die gegenseitige Bedingtheit zweier gegensätzlicher Elemente. Iphimedeias Liebschaft mit Poseidon ist eine inzestuöse, wie unter allen Göttern: als Tochter des Triops, dem Sohn der Kanake und des Poseidon, ist sie seine Enkelin. Aloeus wiederum, der ebenfalls der Verbindung von Poseidon und Kanake entstammt, ist ihr Bruder. Und der von Pausanias zusammen mit den Aloiden erwähnte Oioklos, der ein Sohn des Poseidon und der Askre ist, unterstreicht diese enge Verwandtschaft. Genealogien im Mythos sind insofern von Bedeutung, als sie Motive widerspiegeln und miteinander verknüpfen – sie stellen Poseidon mit den Göttinnen der Erde an den Anfang der Dinge und bringen ihn in die Mythen des Helikon ein.

Die drei Seiten des Hekataions

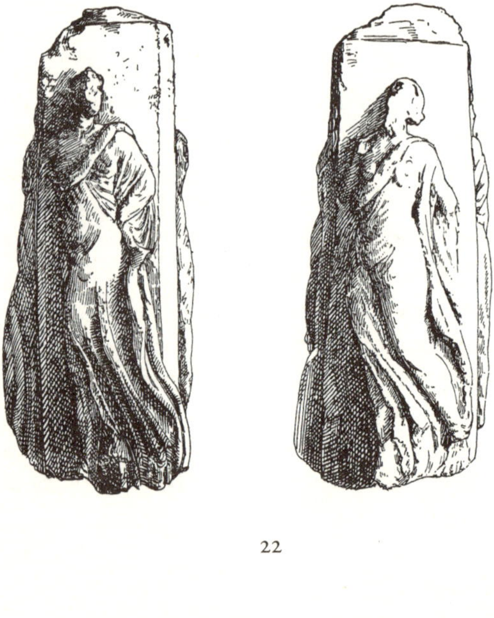

Hekate

Die Etymologien der Götter verleihen diesem noch gesichtslosen Mythos ein wenig mehr Profil. Iphimedeia ist ihrem Namen nach eine chthonische Göttin, die *Mächtige Gebieterin.* Wie Pausanias berichtet, erwiesen ihr die Karer in Mylasa große Ehren; dargestellt wurde sie in Delphi in den Gemälden in der Halle der Knidier. Ihren Beinamen teilt sie mit der einzigen Schwester der Aloiden, der Tochter, die sie mutmaßlich mit Aloeus selbst hatte: Pankratis, der *Allmächtigen.*

Auch der Name einer weiteren, anfangs nur in Böotien zusammen mit den Musen verehrten Göttin hat dieselbe Bedeutung, Hekate, jene Göttin mit den drei Körpern und den drei Gesichtern – die *Fernhin Mächtige.* Wie Demeter sorgte sie sich um die Fruchtbarkeit des Bodens, und als eine Erdgöttin wie Gaia verband man sie vor allem mit der Welt der Toten. In dieser Funktion war sie eine Göttin, die Sterblichen jeden

Wunsch gewähren konnte, die Erfüllung prometheischer Gier ebenso wie die ihrer Liebe, und nicht zuletzt durch ihre ebenfalls zahlreichen Liebschaften mit den Meeresgöttern war auch das Meer ihr Herrschaftsbereich – ihre Funktion überschneidet sich dabei bereits teilweise mit den Musen. Unter den genannten Göttinnen ist Hekate jedoch eine Ausnahmeerscheinung. Im Epos kommt sie nicht vor, Homer bietet keinerlei Hinweis darauf, wer sie sein könnte, und auch die Verbindung mit den chthonischen Elementen, mit dem Mond und der

Zauberei, welche die Göttin in späteren Zeugnissen charakterisieren, erscheint nicht in der Beschreibung Hesiods. Wie auch die Musen legitimiert er jedoch Hekate bereits zweifach: durch die archaische Religion der Titanen und der hellenischen des Olymp. In dieser zwiespältigen Rolle zeigt sie die *Theogonie* als eine Göttin, die durch die Willkür bestimmt wird, mit der sie ihre Gunst schenkt oder verweigert; ihr Eingreifen ist keiner Art von Kausalität unterworfen. Sie steht für die Allgegenwart des Zufalls und ist die Göttin des günstigen Zeitpunktes, sie hebt unablässig die erstarrenden Grenzen der Welt wieder auf und hält dem Ursprung seine Zukunft offen; sie symbolisiert so eine der grundlegenden Funktionen des Mythos wie der Poesie – den Akt der Inspiration, seine nicht zu berechnende Macht und seine zyklische Ordnung.

Ein Fund führt dies auch bildlich vor Augen. Bei den Ausgrabungen am Helikon fanden sich mehrere, der Hekate geweihte Stelen. Bei diesem Hekataion – einem Prisma aus Marmor, auf dessen Spitze sich ursprünglich wohl der Kopf der Hekate befand – ist an den Seiten ein Reigen dreier Frauen dargestellt; sie tanzen gegen den Uhrzeigersinn, wobei ihre Darstellungen immer bewegter und dynamischer werden. Ob mit ihnen schon die drei von Pausanias genannten Musen gemeint sind, die Chariten oder nur einfache Nymphen, ist nicht zu entscheiden – auf dieser archaischen Vorstellungsebene waren sie wahrscheinlich noch austauschbar.

Gaia und Poseidon

Im Wechselspiel der Figuren und Rollen führen alle Masken zurück auf Gaia und Poseidon. In der *Theogonie* des Hesiod ist Gaia das erste weibliche Wesen, das aus dem Chaos ersteht. Aus ihr, der Göttin der Erde, entspringen Uranos, der Himmel, Pontos, das Meer, und die Gebirge; aus der Verbindung des Uranos mit seiner Mutter wurden die Titanen und Okeanos gezeugt, aber auch Kronos und Rhea, deren Kinder wiederum Zeus, Hades und Poseidon waren.

Bei Poseidon wird dabei die Verbindung von Wasser und Erde ablesbar. Sein Name geht auf *poteidan* zurück, *Herr (oder Gatte) der Erde*, was mit seinem ebenfalls üblichen Beinamen *gaieochos*, der *Erd-Halter*, übereinstimmt; zwei weitere Attribute, *enosichthon* und *enosigaios*, nennen ihn auch den *Erderschütterer*. Poseidons Name steht für die Fruchtbarkeit und zugleich für eine Urkraft, die sich im Hervorsprudeln der Quellen, im Wind oder der Gewalt der Wellen manifestiert – ebenso wie für das Beben der Erde, das die Vorsokratiker noch dem Glauben zuschreiben, daß die Erde wie eine Scheibe auf dem Wasser treibt.

Und dies wiederum ist die Bedeutung Aloeus': die vielfältigen Etymologien seines Namens bieten gleichsam ein Paradigma der symbolischen Ebenen des Musenkultes. So leitet er sich einerseits von *aloe* ab, was runder Ort, aber auch Tenne und fruchtbares Land bedeutet; andererseits geht er auch auf *halos* zurück, die Scheibe und den Schild; *hals-halos* bedeutet Salz, und im übertragenen Sinn auch Meer; *aloas* schließlich ist als Beiname der Demeter bezeugt.

Die Gigantomachie

Und Iphimedeia gebar die Aloiden, den berühmten Ephialtes und Otos, der den Göttern glich, doch sie blieben nicht lange am Leben. Die Erde erzog sie zu Riesen, und sie wurden schön, nur Orion war noch schöner. Sie wuchsen neun Finger pro Monat, und als sie neun Jahre alt waren und schon neun Ellen breit und neun Klafter hoch, sagten sie den Göttern des

Olymp den Krieg an und sie wollten die Berge aufeinandertürmen, den Ossa auf den Olymp und den Olymp auf den Pelion, und drohten, so in den Himmel hinaufzusteigen. Und das Meer wollten sie auf die Berge gießen und so das Meer zum festen Land und das Land zum Meer machen. Und sie hätten es auch vollbracht, wären sie älter geworden.

Der erste Musengesang

Die Geschichte, die Homer und Apollodor von den Aloiden überliefern, ist eine Doublette zur Gigantomachie, dem Krieg der Giganten gegen die olympischen Götter. Die Giganten, die von menschlicher Gestalt waren, deren Beine aber in Schlangenleiber ausliefen, waren aus dem Blut des Uranos entsprungen, das aus seinem durch Kronos verstümmelten Geschlechtsteil auf Gaia, die Erde, zurückfloß. Als Zeus Gaia beleidigte, weil er die Titanen in den Tartaros sperrte, hetzte sie ihre Söhne, die Giganten, zum Krieg gegen die Götter auf, eine Schlacht, aus der die olympischen Götter siegreich hervorgingen.

Der Kampf der Giganten gegen Zeus ist Gegenstand der ältesten Musengesänge, bei Homer, im orphischen Schöpfungsmythos und vor allem in der *Theogonie*; die allmähliche Entstehung der Götterwelt und die darauf begründete neue Weltordnung, das ist der schöne Gesang *(kale aoide)*, den die Musen Hesiod lehrten, wie es im Proömium heißt. Er ist die Wahrheit, die sich durch die Musen allein offenbaren kann, eine Belehrung, die sich dem *aoidos*, dem Sänger und Seher, im Zustand der Inspiration, des Enthusiasmus im etymologischen Sinn, vermittelt. In ihm enthüllt sich die Welt als *kosmos*, als Harmonie von Mächten, die deshalb schön genannt werden, weil sie geordnet sind, ein auf alle Bereiche übergreifendes

Wechselspiel von Kräften, die durch ihre Benennung faßbar werden, eine bis ins kleinste vorgenommene Rollenverteilung der Götter, durch die sich die Welt erschließt.

Der Mythos bewältigt diese Spannung zwischen Homogenem und Heterogenem; er ist der Versuch, im ständigen Werden und Vergehen der Dinge eine Abfolge sichtbar zu machen, das Unteilbare des Alls in der Genealogie der Götter auflösbar werden zu lassen. Dem *logos* des Mythos, dem Wort und dem Gesang, kommt es dabei zu, das Untrennbare zu teilen und das Getrennte wieder zu vereinen, Himmel und Erde auseinanderzuhalten wie Atlas, oder die Berge aufeinanderzutürmen, um sie zusammenzubringen wie die Aloiden. In beidem liegt die Macht des durch die Musen – und auch durch Hekate – offenbarten Gesangs; er ordnet die Welt, er kann diese Ordnung aber auch wieder zu Fall bringen; die Aloiden drohen ja, das Meer zum Land und das Land zum Meer werden zu lassen, die Welt wieder auf ihren ursprünglichen Zustand zurückzuführen, eine Welt, die laut Hellanikos aus der Zwischenstufe einer aus Wasser und Erde gebildeten Schlange entstanden ist.

Zwischen Erde und Wasser, in der Mitte von Berg und Ebene, dort liegt der den Musen von den Aloiden zugewiesene Ort; ihr Raum ist die Grenze, welche die göttliche von der humanen Sphäre trennt und in der sich die Elemente voneinander scheiden. Dort sind die Aloiden auch begraben; zu Pausanias' Zeit noch lag ihr Grab am Meer, in der böotischen Stadt Anthedon, zugleich jedoch am Fuße des Messapion genannten Gebirges.

Das Prometheus-Motiv

Die prometheische Gier der Aloiden und ihre Revolte gegen Zeus müssen zwangsläufig scheitern; die uns erhaltenen Mythen beziehen sich alle auf das olympische System der Götter, das sie festschreiben und fortführen. Der Machtanspruch der vorolympischen Götter auf den Olymp kann vom Blickwinkel der hellenischen Mythen nur als Aufruhr gegen die bestehenden Verhältnisse ausgelegt werden. Was sich darin ausdrückt, ist die Rivalität zweier Religionen aus zwei verschiedenen Zeitaltern – der Mythos der Musen hat seine Wurzel in einer, im Vergleich zu den hellenischen Göttern, archaischen Vorstellungswelt, in chthonischen Gottheiten mit dionysischen Zügen, die auch im späteren Musenkult erhalten bleiben und nie vollständig im apollinischen Götterhimmel aufgegangen sind.

Was die Aloiden dabei mit den Musen verbindet, ist eine mögliche Ableitung des Begriffs Muse: *mosdai*, das sich als zielstrebige Äußerung, als Forschen nach dem Sinn, vor allem aber als Stürmen und Drängen übersetzen läßt – als die Subversion, die jeder neue Mythos mit sich bringt, indem er immer wieder eine neue und andere Grenze zieht und damit die bestehenden Gefüge untergräbt, den Drang nach Offenbarung und Erkenntnis gegen die starre Ordnung setzt, das Differenzierte gegen das Einheitliche und das Umfassende wiederum gegen das Einzelne.

Nicht nur der Ursprung der Tragödie, sondern auch der der Poesie ist so im Konflikt zwischen Dionysischem und Apollinischem anzusetzen. Das prometheische Aufbegehren bleibt ihr erhalten, der Anspruch auf ein Monopol der Wahrheit und als Legitimation, mit der sich die Poesie, je mehr sie sich herausbildet, gegen den Mythos zu behaupten versucht – von Orpheus bis zu den augusteischen Dichtern.

Interessant in diesem Zusammenhang ist die Inschrift des Sockels einer Statue der Iphimedeia, die bei den Ausgrabungen zum Vorschein kam. Das Epigramm verweist zum einen auf eine mögliche Herkunft des Aloidenmythos aus Karien, wo am Vorgebirge Triopion der Kult der Demeter und der Nymphen überliefert ist; die Umdeutung der Iphimedeia als Tochter des Triops scheint eine spätere zu sein. Darüber hinaus aber bezeugt diese Inschrift eine apokryphe und ältere Tradition, der zufolge die Aloiden wirklich bis in den Himmel gelangten – und mit ihnen, im übertragenen Sinn, auch einmal die Dichtung.

Iphimedeia vom Gebirge Triopion
war die Gemahlin des Herrschers der Meere;
Iphimedeia trug in ihrer Seite
die doppelte Frucht der Zwillinge.
Die einen sagen, daß der schreckliche Ares,
die anderen, daß der steile Himmel ihre Söhne
zu voller Kraft heranwachsen ließ, der Uranos,
den sie erstiegen, indem sie Berg auf Berg türmten,
und ihn so für die Menschen erreichbar machten.

Die Aloiden

Historisch gesehen waren die Aloiden anfangs tellurische und agrarische Dämonen, die sich zu Heroen des Landbaus entwickelt haben – den mythischen Heerführern der Thraker, die zuerst den Landstrich Pierien erobert hatten, wo der Musenkult zu seiner ersten Ausprägung fand, bis sie dann auch Böotien einnahmen, wo er sich weiter ausbreitete. Als Städtegründer, wie sie uns Pausanias darstellt, waren sie die Anführer der Kolonien,

die die versumpften Bergtäler und Ebenen trockenlegten und so erst die Grundlage einer im Entstehen begriffenen Kultur schufen, die sich eine Zeitlang autonom behaupten konnte, bis sie von den Hellenen wieder unter ihr Joch gebracht wurde.
Als Schutzgötter der Hirten und Bauern jedoch wurden Ephialtes und Otos ursprünglich die *Söhne der Tenne* genannt, geboren von jener, *Welche die Genitalien stärkt*, Enkel der Hekate mit den drei Gesichtern. Ihre Namen leiten sich, einer Auslegung nach, vom Stampfen des Getreides *(otheo)* und dem Keltern der Trauben *(ephialtis)* ab.

Linos

Die Poesie geht auf ihre musikalische Form zurück, den Gesang und den Singvers der Lyrik. Die Linie der Melodie war durch die Sprachmelodie, der Rhythmus durch die Silbenquantitäten vorgezeichnet; was den Sprechvers dabei vom Singvers unterscheidet, ist die Zäsur in der Mitte. Begleitet wurden diese Lieder durch einfache Saiteninstrumente, die keine Griffbretter, also nur so viele Töne wie Saiten hatten, die gezupft oder mit dem Plektron geschlagen wurden und so mehr den Takt betonten. Lyra, Kithara oder Phorminx waren dabei zu homerischer Zeit Namen für Instrumente, die sich in ihrer Bauart kaum unterschieden.
Eine bedeutende Rolle bei der Entstehung des Liedes spielt auf der einen Seite der Kult; in der *Ilias* versöhnen die Achäer den Apollo mit dem *paian*, singt man der Braut den *hymenaios* und den Toten ihre Klage im *threnos*. Neben diesen offiziellen und offiziösen Formen stellt das Volkslied eine zweite Wurzel der Poesie dar. Manches in den Hochzeitsgedichten der Sappho ist noch davon bestimmt; überliefert ist etwa das bekannte rhodische Bettelliedchen, in dem Kinder als Schwalben vorstellig

werden und, für den Fall, daß man ihnen eine Gabe verweigert, frech drohen, die Tür oder die Hausfrau mit sich zu nehmen. Homer verweist auch auf das Arbeitslied, wenn Kalypso oder Kirke am Webstuhl singen, oder wenn er Linos zitiert, der in späterer Zeit auch als Lehrer des Orpheus gilt.
Linos ist die wahrscheinlich älteste Dichterfigur, die uns die Mythen präsentieren. Die Legenden um ihn sind jedoch, wie nicht anders zu erwarten, weit davon entfernt, eindeutig zu sein. Als seine Mutter nennen die verschiedenen Überlieferungen die Musen Kalliope, Terpsichore oder Urania; als seine Väter galten Oiagros, Amphimaros, Hermes oder Poseidon. Sein Tod wird einmal durch den Zorn Apollons erklärt, aber auch durch den Haß Herakles', der sein Schüler war und es nicht ertrug, ihm unterlegen zu sein. Der Scholiast Philochoros überliefert, daß er der erste war, der die Melodie erfunden habe, Eustathes wiederum, daß er die ersten Lieder gesungen habe, die auf einem strengen Metrum aufgebaut worden waren. Und nach Theokrit war er derjenige, der Herakles die pelasgischen Buchstaben – nach heutiger Ansicht das phönizische Alphabet oder Linear B – gelehrt hatte. Wie auch immer, seinen Tod beweinten die Musen, eine Grabstele wurde ihm in Theben geweiht, und Pausanias erwähnt ihn und seine Statue ausführlich im Zusammenhang mit dem Hain der Musen:

Es wird gesagt, dieser Linos sei ein Sohn der Urania gewesen sowie des Amphimaros, des Sohnes des Poseidon, und der habe in der Musik bei seinen damaligen Zeitgenossen höchsten Ruhm erlangt. Auch habe Apollo ihn getötet, da er seinen Gesang mit diesem verglich. Als Linos gestorben war, erfüllte Trauer selbst das äußerste Barbarenland, ja sogar die Aigypter stimmten Klagelieder um

Linos an. Diese Klagelieder nennen die Aigypter in der Landessprache Manneron. Von den griechischen Dichtern hat Homer, der die Klagelieder der Griechen um Linos kannte, gesagt, auf dem Schild des Achilleus habe Hephaistos unter anderem auch einen Kithara spielenden Knaben abgebildet, der das Lied des Linos sang:

In ihrer Mitte ging auch ein Knabe, der die Phorminx
spielte und den schönen Linos besang.

Gedichte aber habe weder der Linos des Amphimaros noch der später geborene verfaßt; oder wenn sie welche verfaßten, sind sie nicht auf uns gekommen.

(IX 29.6-30.1; gekürzt)

So wenig faßbar wie der Sänger Linos ist jedoch auch die Bedeutung des gleichnamigen Liedes. Zuerst wurde es mit dem mythischen Helden Thebens in Beziehung gebracht, der ebenfalls Linos hieß. Schon für Hesiod, aber auch für Pindar und indirekt Sappho, waren die »Linodien« die Schreie, mit denen die traurigen Lieder bei den Festen und Chören in Theben begannen und endeten. Der Name *oitolinos* verweist dabei darauf, daß man einen Ausruf des Schmerzes (*oitos* – Schicksal) mit dieser Heldenfigur verbunden hatte. Die hellen und schrillen Schreie eines *ailinos* jedoch leitet Herodot von dem Refrain ab, den die Barbaren bei ihren Totengesängen in ihrer asiatischen Sprache ausstoßen; daher auch die Erklärungen, die den Ursprung des Liedes im phönizischen *ai lanu* oder *ai lenu* (»Unglück über uns!«) sehen. Eine dritte Möglichkeit, die auf Euripides und sein Stück *Herakles* zurückgeht, kennt das Lied als den Gesang, den man beim Pflücken, Spinnen oder Weben des Leinens *(linos)* singt, eine Tradition, die auch in Skandinavien, den baltischen Ländern, in Frankreich, Tirol oder in den südslawischen Ländern nachweisbar ist. Der *ailinos* als Klagelied oder Arbeitsgesang ist dabei jedoch noch zusätzlich vom homerischen *linos* zu unterscheiden, einem phorminxbegleiteten Winzergesang, der auf die älteste Ausprägung des Musenkultes, den weinstampfenden Ephialtes verweist:

Nur ein einziger Pfad führte zum Garten;
auf ihm gingen die Winzer, so oft sie die Ernte lasen.
Jungfrauen aber und ledige Burschen trugen ausgelassen
die süße Frucht, die in geflochtenen Körben gehäuft war;
mitten darunter ein Knabe, der auf der Phorminx
liebliche Töne schlug und den Reigen des Linos hell,
mit sanfter Stimme begleitete, die anderen stampften im Takt
und sangen lauthals dazu; sie folgten ihm mit hüpfenden Füßen.
(Ilias, XVIII 570)

Ephialtes und Otos

Man bezeichnete die Aloiden auch als *gegeneis,* Erdgeborene, im übertragenen Sinne als Söhne der Gaia. Von dem befruchtenden Poseidon gezeugt, aus dem Kornfeld erwachsen, von der Erde zu riesiger Größe ernährt, sind sie Gottheiten, die der menschlichen Sphäre verhaftet bleiben, gerade dadurch, daß sie sich gegen die olympischen Götter erheben und ihrer Strafe nicht entgehen. Was sie zunächst mit dem uns geläufigen Musenbild verbindet, ist die Dreizahl, wie sie auch bei den Graien, Chariten, Gorgonen oder der Hekate auftaucht, und ihr Vielfaches davon.

So wie die Musen am Ende ihrer Entwicklung neun sind, so wuchsen auch die Aloiden in neun Jahren zu neun Ellen Breite

und neun Klaftern Höhe an; und so wie die Musen eine Triade bilden, sind auch sie erst mit ihrer Schwester Pankratis und dann bei der Gründung Askras mit Oioklos zu dritt.
Von größerer Bedeutung aber ist, daß sie Gottheiten sind, deren Gestalt die eines Berges ist, Giganten, deren Machtbereich sich auf das Gebirge und die umliegenden Ebenen erstreckt und deren Sitz der Gipfel ist, wo auch die Musen sich aufhalten; eine mögliche Etymologie des Begriffs Muse läßt sich von der Frühform **mont-ia* herleiten: *Bergbewohnerin.*

Homerischer Hymnos auf Pan

Sing mir, Muse, von jenem Ziegenfüßigen, zweifach Gehörnten, der die Rassel schwingt und mit den tanzenden Nymphen durch die baumbestandenen Triften wandert. Sie klettern auf Felszacken, wo keine Ziege sich hinaufwagt, sie rufen den Gott der Hirten und schimpfen ihn einen haarigen und bärtigen Schmutzfink. Er springt über Gipfel und Grate, Steige und Kämme, streift bald hier, bald dort durch den Wald, er jagt das Wild unten im Tal und hütet seine Herden oben auf den Weiden unter den zerklüfteten Hängen. Dann wird es Abend, und er spielt auf seinen Pfeifen und bläst sich ein Schlaflied. Die Nymphen vom Berg singen mit ihren hohen Stimmen dazu und gehen mit ihm zusammen zum Tanz zu der Quelle, die dunkel fließt, und sie singen so hoch, daß das Echo an den Felswänden widerhallt. Und der Gott reiht sich bald ein in den Reigen, bald steht er in der Mitte, bald ordnet er ihn, fest auf den Füßen, das blutige Luchsfell am Rücken, schreiend vor Lust in diesem schrillen Gesang. Und Pan nannten sie ihn, weil er alle vergnügte, Dionysos vor allem, und Bakchos.

Pan

Ephialtes bedeutet wörtlich *Der, welcher auf einen springt.* Er ist der Inkubus, jene Personifikation des orgiastischen Alptraumes, der schlafende Frauen befällt wie Schüttelfrost und sie zum Schreien bringt; gegen diesen Alb verabreichte man eine Pflanze namens *ephialtion.*

Er ist eine Figur, die mit Pan verwandt ist, der seinerseits bösartig wurde, wenn man ihn im Schlaf störte; wie jener steht Ephialtes für das Dunkle, Schreckenerregende, Dämonische und gleichzeitig für die enge Verbindung von Sexualität und Fertilität. Wie Ephialtes ist Pan ein Fruchtbarkeitsgott, der Ziegen bespringt, und sein Name geht auf die Bewirtschaftung des Landes zurück: der frühgriechische *Paon* ist der Hirte, wörtlich der *Nährer.* Beide sind sie darin parallele Figuren zu Priapos, dessen Kultstätten zur Landschaft gehören und dem im Musenhain am Helikon eine Statue geweiht war, die Pausanias wie folgt kommentiert: *diesem Gott werden auch an anderen Orten Ehren erwiesen, wo Weiden für Ziegen und Schafe oder auch Bienenschwärme sind.*

Wie Pan nun im neunzehnten homerischen Hymnos mit seiner Flöte im Reigen der Nymphen steht, so hat man sich Ephialtes und die Musen vorzustellen – oder auch Dionysos und die Mänaden; die Satyren und Silenen galten ja als Lehrmeister des Dionysos.

Dionysos und die Mänaden

Ephialtes verkörpert den Aspekt des Rasens und Bebens in seiner dämonischen und panischen Form als Inkubus. Er ist die Allegorie einer Urkraft, die auf den Menschen einwirkt, eine Überwältigung in ihrem erotischen und aggressiven Aspekt, er symbolisiert das Orgiastische, als eine erste, ursprüngliche Form der Inspiration, in der die Poesie entsteht.

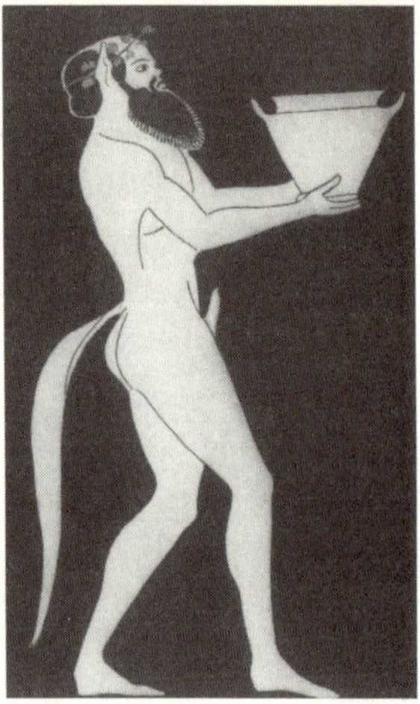

Über diese Vorstellung lassen sich die Musen auf *menos*, die *Kräftige*, ebenso zurückführen, wie der Begriff mit *mainomai* (Rasen), *mania* (Wahnsinn) und *mantis* (Seher) verwandt ist. Die Musen sind über diese Ableitung auch mit der Bedeutung des tungusischen Wortes *Schamane* in Beziehung zu bringen, das *aufbegehren, um sich schlagen* und *tanzen* bedeutet.

In dieser Rolle hat man sich die Musen als *Erinyen*, die *Starken*, und Furien vorzustellen. Auch sie sind zu dritt, ihre Haare sind Schlangen, sie brüllen wie Rinder, bellen wie Hunde und tragen Fackeln (wie Hekate, die mit Hunden und Fackeln dargestellt wird), deshalb werden sie ebenfalls die *Rasenden* genannt. Sie sind demselben Blut entsprungen wie die Giganten, Töchter der Nacht, die der Unterwelt angehören – und wenn

(oben) Schreitender Silen mit Weingefäß

Zwei Satyrn tragen eine Mänade

sie wohlgesinnt waren, übernahmen sie die Rolle der Musen; dann hießen sie Eumeniden, die *Wohlwollenden,* oder die drei Chariten, die zusammen mit den Musen in Hesiods *Theogonie* am Gipfel wohnen.

Die Inspiration, in der sich das Wort offenbart, in einem Akt des *enthousiasmos*, ist die *mania* der Musen: die Wut, wenn sie vom Gott überwältigt werden, ein Beben, das wie jenes von Wasser und Erde ist, ein sexueller Akt. Aus diesem Grund durfte auch um Dionysos kein Mann sein; die Frauen selbst vertraten die Göttinnen, die mit dem Gott verbunden waren.

Ich, Eurynome, Bakchantin, die Felsen erkletterte, Stiere,
hörnerbewehrte, im Rausch voller Kraft in Stücke zerriß,
lachend frohlockte, wenn ich mutig Löwen erlegte und spielend
mit siegreicher Faust Schädel des wilden Getiers schleppte,
ich – verzeih mir, Dionysos! – weiche
vom Festschwarm der Deinen,
möchte mich hingeben jetzt dem aphroditischen Rausch,
streife den Efeu mir ab und verehre dir hiermit die Pauken
und werde mir fest um den Arm ein goldenes Band legen.
(Gr. Anth. VI 74, Agathias Scholastikos)

Die Mänaden wurden in orgiastischer Pose dargestellt, den Kopf starr nach hinten geworfen, in Trance, mehr rennend als tanzend, betrunken von Wein, bemalt oder tätowiert, umgürtet von Schlangen, begleitet von Flöten, Pauken und Tambourinen, überwältigt von Dionysos, der wiederum nur eine andere Verkörperung des Chthonischen ist. Im Kult verkörpern sie jene Transzendenz, in der der Mensch in die Rolle des Gottes schlüpfen kann, in vollkommener Selbstvergessenheit, in der Hingabe an den Tanz, ein Ritus, in dem sich Ekstase, Halluzination und Orgiasmus verbinden. Es ist ein Ereignis, das sich selbst genügt – und es äußert sich in einer Sprache, die sich selber spricht, in Silben, die nur sich selbst bedeuten: das Reden in Zungen.

Die Geschichte des Dionysos geht mit der Verbreitung des Musenkultes parallel; von Thrakien aus wandert er ins böotische Theben, wo er die Frauen einlädt, sich am Kithaeron mit ihm zu vereinen. Durch Wein und religiöse Ekstase geraten sie dort auf dem Berg in eine Raserei, in der sie, voll der Gewalt des Gottes, ganze Kälber in Stücke reißen. Der Berg Helikon seinerseits, als eigentlicher Sitz des Musenkultes, war berühmt für die Fruchtbarkeitstänze um eine Steinherme in Thespiai, einer an seinem Fuß gelegenen Stadt, wo sich die weiblichen Eingeweihten Dionysos und Eros hingaben.

Dionysos-Kopf aus dem Musenhain

Die Mysterien des Dionysos und der Musenkult überschneiden sich auch in anderer Hinsicht. Die Städte der Musen in ihrer Heimat in Pierien, Libethra und Pimpleia lagen an einem Abhang des Olymp, der durch seine Weinberge und die Verehrung des Dionysos ebenso berühmt waren wie durch den Musendienst; gleiches gilt für die verwandten Kulte am Rhodopegebirge und am Fluß Hebros. Dort hielt man auch Orpheus zugleich für den ältesten Sänger der Musen und ersten Dionysospriester. Auch das Grab der Aloiden in Anthedon war, wie Pausanias erzählt, in einem Dionysosheiligtum.

Literarischer Beleg für die Verknüpfung von Musenkult und Dionysosmysterien am Helikon ist auch eine von Properz'

Elegien. In einer Grotte, die er beschreibt, hängen die Rohrflöten des Pan und die Tambourine des Dionysos als den Musen heilige Instrumente, ein tönernes Bildnis des Satyren Silenos – der als Erzieher des jungen Dionysos galt –, und eine der Musen pflückt Efeu für den Thyrsosstab: Abzeichen der Teilnehmer an einem dem Bakchos geweihten Kult.
Die Ausgrabungen am Helikon bestätigen dies in einzelnen Details. Bei den Inschriften im Tal der Musen ist von einer Dichtergesellschaft die Rede, die aus zwei Gruppen bestand, die sich den Musen und Dionysos geweiht hatten. Im Musentempel in Thespiae grub man mehrere Dionysosstatuen aus, nach Pausanias stand eine im Musenhain selbst, und schließlich stieß man auch auf die Stele einer Frau, die *jenem Geschlecht entstammt, das den Dionysos verehrte.*

Der Dithyrambos

Der wichtigste der dionysischen Gesänge war der Dithyrambos, der im Gegensatz zum Paian rein kultischen Ursprungs war. Selbst als sich daraus eine rein poetische Gattung entwickelt hatte, läßt sich sein enthusiastischer und ekstatischer Charakter nicht verleugnen, der sich laut Plutarch vor allem in seinen abgehackten Rhythmen manifestiert. Man ehrte Bakchos mit Geräuschen und Schreien wie der zweifachen Invokation: *Bakchos! Bakchos!* Die durch Dionysos inspirierten Gesänge kamen dabei einem Karnevalstreiben recht nahe, wie in der folgenden Passage des Athenäus geschildert:

Schauspielermasken als Ornamente, aus dem Musenhain

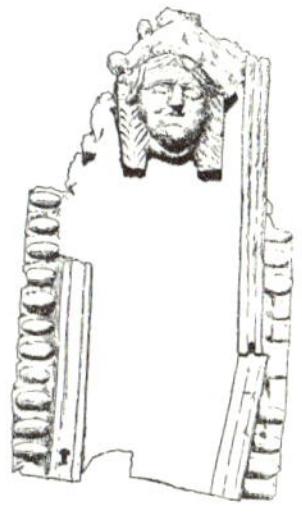

Semos schreibt in seinem Buch Über den Paian: *Jene, die man »ithyphalloi« nennt, tragen die Maske eines Betrunkenen mit einer Krone darauf und sie haben Handschuhe in bunten Farben. Sie haben eine Tunika an, die zur Hälfte weiß ist, und ein tarentinisches Gewand, das bis zu ihren Knöcheln geht. Schweigend treten sie durch das große Tor ein, und wenn sie sich in der Mitte des Orchesters befinden, drehen sie sich zum Theater um und sagen:*

Zurück, macht Platz für den Gott,
denn der aufgerichtete Gott,
der gerade steht,
will in der Mitte gehen.

Die Phallusträger haben keine Masken, ihre Stirn aber ist bekränzt von Thymian und Kerbel, über denen sie eine Krone aus Veilchen und Efeu tragen. Eingehüllt in einen weit herabhängenden Überwurf, kommen die einen von der Seite, die anderen durch die Tore in der Mitte; sie gehen alle im Gleichschritt und sagen:

Bakchos, wir heiligen dich durch diesen Gesang,
einem einfachen Rhythmus zu einer vielfältigen Melodie,
durch einen neuen, noch nicht deflorierten Gesang,
der nichts mit den Gesängen von früher gemein hat;
es ist ein neuer Gesang, den wir jetzt anstimmen.

Dann fangen sie vor dem Publikum zu laufen an und machen sich lustig über die, die sie fangen. Sie bewegen sich dabei aber nicht von ihren Plätzen. Aber der Phallusträger geht geradeaus, und man bewirft ihn mit Ruß. (XIV 622 a-d)

Das Groteske und Obszöne haben hier bannende und sühnende Funktion. Was den Gesang betrifft, so baut er auf dem Marschrhythmus und seinen trochäischen Versen auf, die von den Ithyphalloi eher gesagt als gesungen wurden und deren Struktur zunehmend einfacher wurde. Die Neuheit, die das zweite Zitat hier betont, bezieht sich auf den einfacheren Rhythmus des jambischen Trimeters zu einer komplexer modulierten Melodie. Weiters nimmt die Stelle Bezug darauf, daß man ab dem 4. Jahrhundert v. Chr. neue Musen für seine Lieder suchte und sich weigerte, die antiquierten Gesänge der alten Muse noch zu singen, um die es in diesem Kapitel geht.

Eros

Ephialtes, Pan, Priapos und Dionysos, all diese Figuren bündeln sich bei Hesiod in der Gestalt des Eros. Er ist *der schönste unter den unsterblichen Göttern; er löst die Glieder und überwältigt den Sinn und ist stärker als aller Ratschluß der Götter und Menschen.* Ob Eros, Dionysos oder Pan – aber auch, wie wir später sehen werden, Poseidon, Demeter und die Medusa: all dies sind spätere Namen für jene gestaltlosen archaischen Götter, denen man, wenn überhaupt, nur Decknamen gab.

Stellvertretend für sie ist Eros der erste Gott, der aus dem Chaos – diesem *Auseinanderklaffen* der Welt – entspringt und sie allein als kosmisch zeugendes Prinzip wieder verbinden kann. Er ist das personifizierte sexuelle Verlangen – Himeros, der in der *Theogonie* zusammen mit den Musen am Gipfel lebt. Er ist jene Urkraft, aus der sich die Aloiden und Dionysos einerseits, die Musen und Mänaden andererseits abspalten und die sie allein wieder zueinander in Beziehung bringt. Er verkörpert die im Mysterium entäußerte Rede, indem er beiden Gegensätzen zu einem gemeinsamen Ausdruck verhilft. Er ist die Sprache, welche jene sprechen und die diesen eingegeben wird.

Von seiner späteren Rolle als thespischer Eros mit Blume, Leier oder Bogen trennt ihn noch dieselbe mythologische Entwicklung, welche auch die Musen durchlaufen, bis sie von Fruchtbarkeitsgöttinnen zu Grazien geworden sind, mit ihren Attributen Lieblichkeit, Schönheit und klarer Stimme. Mit den Aloiden verbindet Eros dann nurmehr seine Kindnatur, aus der alle Spuren des Dämonischen und die Vielfalt seiner Möglichkeiten getilgt sind – vom knabenhaft Unschuldigen bis zum chthonisch Rasenden.

Seine Darstellung in der Orphik jedoch wird den ursprünglichen Wesenszügen gerechter; dort ist er ein zweigeschlechtliches Monstrum mit vielen Gesichtern und vielen Namen, ein polymorphes Wesen wie Phanes oder die Gorgonen, ein archaischer Gott, den man als reines Numen gestaltlos in einem Stein verehrte. Über diesen Kult in Thespiai berichtet Pausanias im Zusammenhang mit den Musen:

Von Göttern verehrten die Thespier von Anfang an den Eros am meisten, und als ältestes Kultbild besitzen sie einen unbearbeiteten Stein. Wer bestimmt hat, daß die Thespier den Eros von allen Göttern am meisten verehren sollten, weiß ich nicht. (IX 27.1)

Pausanias' Zeilen werden durch eine Herme ergänzt, die man bei den Ausgrabungen in Thespiai fand; unter ihrem Phallos

ist eine Inschrift eingemeißelt, die an die *tois daimonessi* gerichtet ist – ein Ausdruck, den man am besten übersetzt mit *jene namenlosen Mächte, die keine eigenen Altäre haben.* Er bezeichnet damit jene Geister und Dämonen, die der archaische Eros um sich hatte und denen man erst später die Namen Himeros, Hypnos oder Anteros gab – ein mysteriöser Chor nicht näher bestimmbarer Figuren, die im Reigen der Musen aufgehen.
Daß der Musenkult auch in späterer Zeit noch mit der Verehrung archaischer Mächte in Verbindung gebracht wurde, belegt auch ein seltsamer Gedenkstein, den man am Helikon ausgrub. Auf einer Seitenfläche sind noch die eingeritzten Namen jener erkennbar, welche diese Stele den Göttern weihten; darüber befindet sich das Relief eines groben Stierschädels mit seinen Hörnern. Auf der linken Fläche ist eine Lyra mit ihren zwei kleinen Hörnern aus dem Stein gehauen; auf der rechten Fläche eine Kithara mit drei Saiten, welche die Form eines Wildschweinkiefers hat.

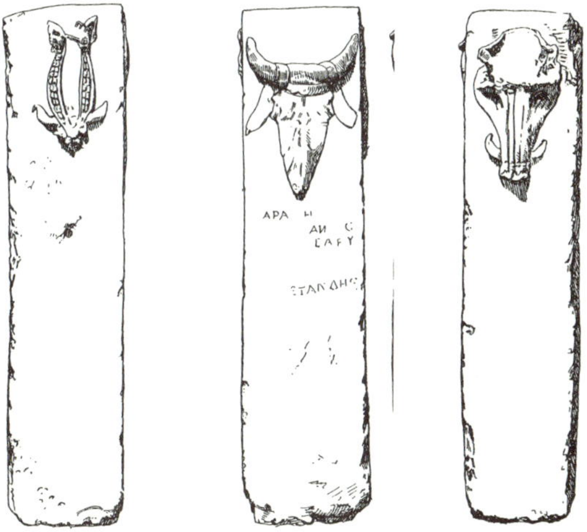

Die Chariten

Zu den Gottheiten, die wie die Genien des Eros in der *Theogonie* am Gipfel mit den Musen leben, zählen auch die *Chariten*, die *Holden* und *Freundlichen*. Ursprünglich waren auch sie gestaltlose und archaische Göttinnen, die zahlenmäßig und funktional nicht abgegrenzt waren und ihrem Wesen nach mit anderen Naturgeistern wie den Nymphen, Horen und Agrauliden viel gemein hatten. Sie werden schließlich von den Musen assimiliert, wie auch die Reigen um Eros, Pan, Dionysos; so ließ etwa das Gebet der elysischen Frauen Dionysos im Verein mit den Chariten sich nähern. Bezeugt ist ihr Kult unweit des Helikon in Orchomenos, wo sich auch ein Dionysosheiligtum und das Grab des Hesiod befanden. Dort verehrte man sie in ähnlicher Form wie den thespischen Eros mit drei schwarzen, anikonischen Meteorsteinen:

In Orchomenos ist außer anderen Heiligtümern auch eines des Dionysos gebaut, das älteste ist aber das der Chariten. Die Steine verehren sie am meisten und sagen, sie seien dem Eteokles vom Himmel gefallen; die sorgfältig gearbeiteten Statuen wurden erst zu meiner Zeit aufgestellt – sie sind ebenfalls aus Stein. Außerdem gibt es dort einen sehenswerten Brunnen, in den man zum Wasserholen hineinklettern muß.

(Pausanias, IX 38.1)

Gerade dieser Brunnenschacht, in den man hinabsteigt wie in das Orakel des Trophonios, verbindet die Chariten mit der ursprünglichen Ausprägung der Musen als chthonische Göttinnen, die für die vegetative Fruchtbarkeit verantwortlich waren. In Elis, wo die Chariten zusammen mit Eros und Aphrodite verehrt wurden, stellte man sie deshalb mit einer

Rose und einem Myrtenzweig dar. Die ältesten, durch Pausanias für sie überlieferten Namen nehmen ebenfalls auf ihr dem Agrarischen verbundenen Wesen Bezug; zu ihnen zählte man Auxo, *das Gedeihen*, Karpo, *den Nutzen* – aber auch Thallia, *das Blühen*, die in ihrem Namen dieselbe etymologische Wurzel trägt wie die Muse Thalia.
Die Individualisierung der Chariten vollzieht sich zuerst über die Zweizahl und dann über die Triade; nicht nur darin, sondern auch in der Dialektik zwischen der archaischen Vorstellung von tellurischen Dämonen und den späteren Attributen der Anmut und der körperlichen Schönheit verläuft ihre Geschichte parallel zu jener des Musenkultes. Abgeschlossen ist diese Metamorphose – deren weitere Ästhetisierung eigentlich nur mehr der Poesie zuzuschreiben ist – wie bei den Musen jedoch schon zur Zeit Homers und Hesiods; dort werden Musen und Chariten als den olympischen Göttern dienende, musizierende und tanzende Göttinnen dargestellt, die in ihrer Genealogie wie in ihren Namen und Funktionen austauschbar sind:

Hesiod hat in seiner Theogonie – *die* Theogonie *mag ihm zuschreiben, wem daran liegt –, in diesem Gedicht also wird gesagt, die Chariten seien Töchter des Zeus und der Eurynome, und sie hätten die Namen Euphrosyne* (die Freude), *Aglaia* (die Schönheit) *und Thalia* (das Glück). *Hermesianax, der Elegienschreiber, weicht insofern von der älteren Ansicht ab, als er dichtet, auch Peitho* (die Überredung) *sei eine von ihnen. Welcher Mensch die Chariten in der Malerei oder Plastik zuerst nackt dargestellt hat, war mir nicht möglich in Erfahrung zu bringen; jedenfalls haben die Bildhauer sie früher bekleidet gezeigt.*

(Pausanias, IX 35.5)

Der Tod der Aloiden

Beim Kampf der Giganten gegen die Götter des Olymp, so hieß es, könnten letztere nur mit der Hilfe eines Sterblichen die Oberhand gewinnen. Und so war es Herakles, der mit seinem Pfeil Ephialtes in das rechte Auge schoß, und Apollo, der ihn in das linke traf.

Einer anderen Überlieferung zufolge kamen sie jedoch durch eine List um. Ephialtes und Otos hatten sich beide in Artemis verliebt, und diese sandte ihnen auf den Rat Apollos eine Botschaft – falls die beiden die Belagerung des Olymp aufheben würden, wäre sie Otos zu Willen. Darauf brach ein Streit zwischen den Zwillingen aus, denn Ephialtes war der Erstgeborene, der sich das Recht auf die Göttin herausnahm. In der Hitze des Streites erschien ihnen dann Artemis als weiße Hirschkuh, und beide nahmen ihre Speere zur Hand, um sich als der bessere Schütze zu beweisen. Als die weiße Hirschkuh zwischen beiden hindurchlief, schnell wie der Wind, warfen sie ihre Speere und durchbohrten einander gegenseitig.

Zur Strafe wurden sie von Apollo in den Tartaros verbannt, wo sie mit aus Vipern geknüpften Seilen an eine Säule gebunden sind, Rücken an Rücken gefesselt. Und die Nymphe Styx in Gestalt einer Eule sitzt auf dieser Säule und quält sie mit ihrem Geschrei.

Die Zweizahl der Musen

Den zwei Versionen dieses Mythos von Apollodor und Hyginus ist in ihren Grundzügen das Motiv einer untrennbaren Dualität gemeinsam. Die ethnologische Mythenforschung findet auch in primitiven Kulturen die als rätselhaft angesehene Zwillingsgeburt und den Glauben an eine göttliche oder – wie bei Aloeus und Poseidon – doppelte Vaterschaft und dem heiligen Wesen von Zwillingen. Verknüpft ist diese Vorstellung mit dem Fruchtbarkeitskult, der ebenfalls in den zwei Brüsten der Frau und den zwei Hoden des Mannes etwas Heiliges sieht. Die beim Fluß Styx Rücken an Rücken an eine Säule gebundenen Aloiden stellen so als Symbol den Phallos dar, einen Phallos im Ring der Schlangen, in einer vaginalen Erde, einer Erde, die zuerst eine Schlange aus Erde und Wasser war.

Ähnlich erzählt es Pausanias auch von dem Trophonios-Orakel: *In der Höhle befinden sich die Quellen des Flusses und aufrechtstehende Statuen, um deren Szepter sich Schlangen ringeln.* (IX 38.3)

Bei den Musen ist die Zweizahl ebenfalls die ursprünglich älteste Differentiation ihrer Ausprägung. So beschreibt Pausanias den Musenkult im Gebirge Libethrion, das dem Helikon gegenüberliegt: *in einem Tal dieses Gebirges befinden sich Statuen der Musen und Nymphen mit dem Beinamen der libethrischen. Und Quellen sind da, die eine Libethrias genannt, die andere Petra, wie Frauenbrüste, und Wasser fließt aus ihnen wie Milch.* (IX 34.4)

Im Sinne des Fruchtbarkeitskultes ist auch die Janusgestalt der Aloiden zu verstehen; sie hat jedoch zudem noch kalendarische Bedeutung, weil sie für den doppelköpfigen Sirius steht, dessen Aufgehen im Sommer die Mitte des Jahres markiert – Pausanias weist darauf hin, daß auch Oioklos *im wechselnden Lauf des Jahres* geboren wurde.

In der Wandlung des Musenkults von der Fruchtbarkeit zum Ursprung der Poesie wird die lineare Dimension der Zeit aufgehoben; sie hält gewissermaßen in der Mitte des Jahres inne und wird zum Janussymbol der Dichtung. Die Bipolarität von Vergessen und Erinnerung, diese Spannung, in der sich der *logos* manifestiert, das ist die zyklische Gegenwart der Poesie, der Augenblick ihres Ereignisses, dem Vergangenheit und Zukunft gleichermaßen innewohnen. Dieser Aspekt der Poesie läßt sich auch heute noch nachvollziehen, in jener geläufigen Definition, nach der die Poesie die geschlossene und zugleich offene Form ist, die – wie der Mythos – nur sich selbst bedeuten und auf sich verweisen kann.

Styx als Fluß

Die Göttin Styx, die als Eule auf der Säule sitzt und als Fluß durch die Unterwelt fließt, stellt eine weitere Entsprechung zu Iphimedeia, Hekate, Demeter und Gaia dar. Auch sie hat zwei Töchter, Zelos und Nike (*Eifer* und *Sieg*), und zwei Söhne, Kratos und Bia (*Stärke* und *Gewalt*), die an die Aloiden erinnern. Und wie jene lassen auch sie sich auf die Kosmogonie der Erde zurückführen.

Styx ist der Fluß, der die Unterwelt neunmal durchfließt; er entströmt dem Okeanos, dessen Tochter sie bei Hesiod ist, unter der Erde, in tiefer Nacht. Neun Arme umfließen die Scheibe der Erde und das Meer, der zehnte aber entspringt einem Felsen, zum Schaden der Götter. Denn Styx hat verfügt, daß ein bei ihrem eisig kalten Wasser geschworener Eid selbst von den Göttern niemals gebrochen werden darf. Wer dennoch einen solchen Eid brach, der verfiel neun Jahre lang (das war der Zyklus eines Großen Jahres, der das Mond- und das Sonnenjahr wieder in Einklang brachte) in eine totenähnliche Starre und wurde anschließend für weitere neun Jahre vom Olymp verbannt. Das Motiv dieses Eides deutet bereits auf das Orakel der Musen, wie noch zu sehen sein wird; daß die Aloiden an den Styx verbannt wurden, weist gleichzeitig aber auch zurück auf die Gigantomachie und die Legitimation des

Musengesanges – im olympischen System konnte man der in den Mysterien der Musen geäußerten Glossolalie keinen Anspruch auf Wahrheit mehr zugestehen.
Lethe, das *Vergessen*, ist ein weiterer Name für Styx; die Unterwelt nannte man auch das Haus der Lethe. Nach Hesiods *Theogonie* war eine Funktion der Musen im Akt der Offenbarung Vergessen der Leiden und Aufhören der Sorgen zu bringen *(lemosyne)*. Zusammen mit der Mnemosyne aber, der Göttin der Erinnerung, ist auch dieses Motiv an die Spiegelung ihres Gegenteils gebunden, an die Dualität.
So beschreibt Pausanias beim Trophonios-Orakel zwei Quellen, die einander ganz nahe sind, aus denen der trinken muß, dem das Ereignis der Musen zuteil werden soll. In Analogie zu den libethrischen Quellen kündigt sich so der Wandel des Musenkultes zum Orakel deutlich an:

Dort muß er das sogenannte Wasser des Vergessens trinken, damit er alles vergißt, was er bisher gedacht hat, und danach trinkt er aus der anderen Quelle das Wasser des Erinnerns, daß er sich dadurch an das erinnern kann, was er gesehen hat, nachdem er hinabgestiegen ist. (IX 39.8)

Styx als Eule

Ephialtes und Otos tragen keine individuellen Züge. Sie sind ein Paar, das sich gegenseitig bedingt und auch wieder auslöscht, sie sind zwei Namen für ein und dasselbe Ganze. Daß sie einzeln nicht bestehen können (wie Pegasos und Chrysaor) erklärt sich im griechischen Weltbild aus dem Prinzip der Gegensätze, die sich abstoßen und anziehen und so das All konstituieren – die Urelemente Erde und Wasser; Poseidon als Gott des Meeres, der die Erde in seinem Namen trägt.

Auf den Mythos und seine unendlichen Möglichkeiten der Analogie bezogen, verweist dies auf eine Hermetik, die sich selbst genügende und ergänzende Autonomie seiner Gestalten. Auf die Poesie übertragen, sind sie eine Allegorie für ihr konstitutives Element, die Metapher, die in der Koppelung zweier Begriffe und zweier Sinne das *tertium comparationis* erschafft, ein Drittes, das *a priori* göttlich ist: ein Bild, das in seiner Vorstellung die Welt faßbar und die Götter denkbar macht.
Ephialtes ist so als das Auge charakterisiert, dem das Göttliche erscheint. Otos wiederum leitet sich volkstümlich von *otos* ab, der Ohreule – jene Gestalt, die Styx auf ihrer Säule annimmt. Er ist derjenige, der mit beiden Ohren horcht, während das Auge der Eule die Dunkelheit durchdringt – und deren Schreie nach antikem Glauben denen eines Menschen ähneln. In allen Kulturen sind dabei die Eulen Vögel, die mit Naturmagie zu tun haben; sie sind Boten des Traumes und des Wissens. Die Zwillinge sind in dieser Hinsicht ein Emblem des Orakels, dem Dunkel der Höhle, in die man hinabsteigt, um an einer Offenbarung teilzuhaben; sie stehen für das Sehen und Hören als Vernehmen göttlicher Botschaft. Und diese äußert sich in Lauten, die jenen der Eule gleich sind – Orakelsprüche, *asema onomata.*

Der Steinkult und das Double

In Lakonien war das Zeichen für die berühmtesten Zwillinge der Antike – die Dioskuren – das H zweier durch Querhölzer verbundener Balken oder zwei schlangenumwundene Amphoren ohne Boden. Sie sind zwei Gefäße, durch die der endlose Strom zweier Welten fließt, gefaßt im Ring der Erde, der sie beide zum Kreis schließt – die Wurzel des modernen Begriffes der

Unendlichkeit, der Möbiusschleife. Das H als Ikon vermittelt die Kluft des Chaos zwischen Mikrokosmos und Makrokosmos, das Auseinanderklaffen zwischen einem Diesseits und einem Jenseits, das durch die Blutsverwandtschaft der Zwillinge überbrückt und durch die Offenbarung der Musen verbunden wird.

Die Säule der Aloiden: im Griechischen gibt es kein einziges Wort, das den Begriff der Statue umfaßt; er spaltet sich in ein gutes Dutzend von Benennungen auf, vom *xoanon* bis zu *herma, eikon* und *mimema*, denen allen die Funktion eines göttlichen Abbildes gemeinsam ist. Der *kolossos* etwa, dessen Idee von Größe erst später aufkam, war nur ein grober Stein, den man aufrichtete oder begrub, eine Art Menhir. Als *eidolon* diente er der Substitution. Wenn jemand gestorben war, ohne daß man seinen Leichnam den Riten der Grablegung unterziehen konnte, blieb der Tote – oder besser sein Double, seine *psyche* – dazu verdammt, als Wiedergänger zwischen den Welten der Lebenden und der Toten umherzuirren; und nur der Kolossos konnte das Grab ersetzen, als eine Doublette des Toten. Der Kolossos besaß so magische Gewalt und die Gabe der Prophetie. Als Sitz überirdischer Kräfte war er das Band zwischen zwei Welten. Zu Füßen eines Kolossos vergrub man sogenannte *tabellae defixionem*, um so mit den Toten und den Dämonen der Unterwelt Kontakt aufzunehmen.

Der Kolossos selbst ist weder reales Objekt noch ausschließlich Vorstellung, er ist weder die Imitation einer Realität noch ihre Illusion; er ist ein Double und damit mehr als ein Bild oder ein Ikon – er ist ein Ort, in dem sich zwei Welten verbinden – verbunden werden, der Querstrich des H. Er ist Anwesenheit und Abwesenheit zugleich, ein Eidolon, ein psychisches Phänomen wie eine Traumfigur oder eine übernatürliche Erscheinung. Er

stellt die Verbindung zum Jenseits her und manifestiert sie zugleich im Diesseits.
Im Gegensatz zur Psyche, dem immateriellen und mentalen Double, ist der Kolossos etwas Unbewegliches. Die Kolossoi sind im eigentlichen Sinne des Wortes jene, welche ihre Beine nicht bewegen können, um zu gehen; die Psyche dagegen bewegt sich, ohne jemals die Erde zu berühren, sie schwebt und bleibt nicht greifbar. Kolossos und Psyche stecken so die Grenzbereiche des Humanen ab: zwischen dem Verwurzeltsein in der Erde und dem die Erde nicht berührenden Sein der Psyche liegt der Bereich des Menschen; seine auf den Raum und die Zeit bezogene Bewegung erstreckt sich zwischen der vollkommenen Reglosigkeit des Kolossos und der Allgegenwart der Psyche im Raum.
Die Poesie als der durch die Musen vermittelte Gesang verhilft diesen beiden Grenzbereichen zum Ausdruck: er schreibt ihren Dialog im Vers fest, er konkretisiert sie im Laut des Wortes und in der Gestalt der Buchstaben, er ritzt sie als Epigramm in den Stein, er bindet sie an die Säule, wie jenen bötischen Wiedergänger, von dem Pausanias berichtet:

Über Aktaion wurde von den Orchomeniern erzählt, ihr Land sei heimgesucht worden von einem eidolon, *einem Wiedergänger. Wie sie in Delphi anfragten, befahl ihnen der Gott, sie sollten, was von Aktaion übrig sei, aufsuchen und in der Erde vergraben; er befahl ihnen auch, ein Bronzebild des Gespenstes zu machen und es mit Eisen an den Stein zu schmieden.* (IX 38.5)

Damit schließt sich für Aktaion der Kreis zwischen den Welten, ebenso wie er sich im Zyklus des Gesanges und der Schrift schließt: das früheste Zeugnis der bei Hesiod so prominenten

Hekate (als eine Verkörperung der Iphimedeia) ist ein archaischer Rundaltar, dessen Inschrift *boustrophedon* verlief – so, wie der Ochse pflügt, von links nach rechts und wieder zurück.

Der Omphalos

Doch wieder ist die Säule nichts anderes als die Erde selbst. Noch bei dem Vorsokratiker Anaximander schwebt sie, im gleichen Abstand von allen Dingen, in der Mitte des Universums: *ihre Gestalt ist rund, gewölbt, einem steinernen Säulensegment ähnlich; wir stehen auf einer ihrer beiden Grundflächen.* Als Symbol steht sie für das Chthonische – den *polos*, jenen zylinderartigen Aufsatz am Haar, wie er auf den vielen Votivfiguren von tellurischen Göttinnen dargestellt ist, die man bei den Ausgrabungen am Helikon fand.
Gleichzeitig bezeichnet die Säule den runden Ort, die Scheibe, die durch die Etymologie Aloeus' zum Vorschein kommt. Ihre Kreisform ist das Alpha und das Omega des Mythos; sie bildet die Achse des Universums, um die sich alles dreht, und sie ist der Nabel der Welt – der Omphalos.
In Athen und in Delphi fand um seinen als Hügel sichtbaren Buckel der Reigen der Mänaden statt, zur Invokation des Frühlings und des Dionysos. In diesem Kult ist er ein Fruchtbarkeitssymbol, dessen gewölbte Form mit der Etymologie des Phallos, dem Schwellen, zu tun hat; und der Name Delphi seinerseits hat mit einem alten Wort für Gebärmutter zu tun.
Die Tumulusform des Omphalos als Altar jedoch geht auf die Grubenopfer des Totenkults zurück. In ihm befand sich ein Loch oder eine Röhre, durch die das Blut des Opfers in einen darunter befindlichen Hohlraum hinabrann: den *tholos.* In ihm sah man ursprünglich den Sitz der als Helden verehrten

Toten, einen Grabhügel, den man mit Spenden bedachte. Bei den Makedonen, wo der Musenkult herstammt, gab es Kegelhügel, die noch in hellenistischer Zeit Kammern mit gewölbter Decke bargen, in denen die Sarkophage der Toten standen. Durch seine Verbindung zur Unterwelt und der Erde stand der Tholos für den Ort der Göttin Gaia und ihres Orakels.
Die Einholung des Totenorakels, die Nekromantik, war eine häufige Form des Orakels. Dazu legte man sich an diesen Gräbern nieder, um nach Vollzug entsprechender Riten von den Toten Auskunft zu erhalten, wie dies auch Odysseus tat:

Wirf eine Grube dort aus, eine Elle nach Länge und Breite,
Schütte dann rund um sie eine Spende für alle Toten.
Diese bestehe zuerst aus Honiggemisch, dann aus süßem Wein
und drittens aus Wasser; zum Schluß bestreu' sie mit Weißmehl!
(X 517-520)

Das Emblem der Dichtung

Bei den Ausgrabungen am Helikon fand man eine Stele, deren Relief den Ursprung der Dichtung in einem Emblem umfaßt. In der Mitte des Tympanons ist ein hoher Dreifuß mit seinem Kessel dargestellt; seine Stützen laufen unten in eine Löwenpfote aus, oben in ein Akanthusblatt, das sich nach außen krümmt. Zwei Stäbe stehen senkrecht vom Rand des Kessels ab und tragen einen Kranz. Im Kessel selbst ist ein Omphalos; aus seiner Spitze wächst ein Zweig bis über den Kranz hinaus. Rechts vom Dreifuß befindet sich eine Lyra, links davon ein weiterer Omphalos.

Das Orakel

Auf einen Omphalos stieß man auch bei den Grabungen im Tal der Musen. Die Löcher in seinem Buckel lassen darauf schließen, daß er mit einem Bronzerelief verziert war, wie man es aus anderen Darstellungen kennt – einem Kranz aus Lorbeerblättern vielleicht, oder einer Schlange, die sich um ihn windet. Beide Möglichkeiten umreißen dabei den Kontext der Poesie.

In Delphi saß die pythische Priesterin auf einem Dreifuß und atmete der Überlieferung nach die Dämpfe ein, die aus einem Felsspalt hervordrangen; damit ist wahrscheinlich der Rauch oder der Dampf halluzinogener Pflanzen gemeint, der aus dem Dreifuß aufstieg. Der Sitz des Orakels selbst war zuerst der Gaia und dem Poseidon geweiht, in ihrer Inkarnation als Schlange des Okeanos, die sich um die Erde windet – Python. Die Schlange als Symbol der Erde war es ja, die nach griechischer Vorstellung das Wissen zu verbergen und zu enthüllen vermochte, wie sie selbst in einer Spalte verschwinden und wieder zum Vorschein kommen konnte; der Kassandra beleckte sie die Sinnesorgane, um ihr die Weissagungen einzugeben. Die Geschichte, nach der Apollo das Orakel der Gaia raubte, nachdem er Python getötet hatte, ist dabei als ein weiterer Verweis auf die Gigantomachie zu verstehen: die olympischen Götter, die ihre archaischen Vorläufer, zu denen der Musenkult zählt, entthronen.

Die Geschichte der Musen beginnt damit, daß sie zu den Mysteriengottheiten gehörten und anfangs vor allem als Frühlingsgöttinnen und als Wassernymphen aufgefaßt wurden; erst nachdem sie ihre Naturbedeutung im hellenischen Olymp verloren hatten, galten sie als Göttinnen des Gesangs, der Musik und der Dichtung. Der Ort, an dem sich diese Entwicklung vollzieht, vom Fruchtbarkeitskult zur Poesie, ist der Omphalos; er bindet die Allgegenwart der Musen an die Stätte des Orakels. Der Omphalos situiert das Orakel an einer Stelle, wo Gaia und Poseidon vereint sind, an einer Quelle oder einem Erdspalt, wo sich eine Verbindung zwischen der Erde und dem unterirdischen Wasserlauf herstellt – ein magisches Band, das gleichsam ein Symbol für die Fruchtbarkeit als Voraussetzung des Lebens ist. Der Bericht des Pausanias über die Entstehung des Trophonios-Orakels in unmittelbarer Nähe des Helikon ist dafür bezeichnend:

Diese Orakelstätte, die früher nicht bekannt war, haben die Boioter aus folgendem Grund entdeckt. Sie schickten einmal Gesandte von jeder Stadt nach Delphi, da es bereits im zweiten Jahr bei ihnen nicht regnete. Als sie um Behebung der Dürre baten, befahl ihnen die Pythia, zu Trophonios nach Lebadeia zu gehen und von ihm das Heilmittel zu erfahren. Da bemerkte einer von ihnen einen Bienenschwarm, und er folgte ihm, um zu sehen, wohin er sie führen würde. Und da sah er die Bienen an dieser Stelle in eine Erdspalte hineinfliegen, und er kletterte mit ihnen in die Orakelstätte hinab. (IX 40.1)

Das Echo des Orakels

Das Orakel ist der Widerhall des Gottes, die Onomatopoeia des Wassers und des Windes, jenes Rauschen, das man aus der Erdspalte vernimmt. Die Erde ist ihr Resonanzkörper, wie auch das Wasser Teil der Symbolik der Lyra ist; sie war aus einer Schildkrötenschale gefertigt, die ihr Schallkörper ist. In ihnen erschließt sich die Ursprache der Natur, und ihr verhelfen die Musen als Sprachrohr zum Ausdruck.

Im Orakel offenbaren sich die Götter, sie werden benennbar und ihre Kräfte und Mächte erfahrbar; das Orakel als Ort, in dem sich das Wort ereignet, wird zur Keimzelle des Mythos. Als Akt der Überwältigung durch das Göttliche wird die Poesie eine an den Ort gebundene Mantik, im Dienste der Musen, der Ortsgottheiten, der *genii locorum*, mit ihrem Anspruch auf die Vermittlung göttlicher Enthüllungen nach traditionell festgelegtem Ritus; Hesiods *Theogonie* stellt dabei nur die späte schriftliche Fixierung dieses Echos dar:

Und ein wenig unterhalb des Gipfels des beschneiten Olympos
ist ihr leuchtender Tanzplatz und ihre schöne Stätte;
sie leben dort fröhlich vereint mit den Chariten und Himeros.
Und über ihre Lippen kommt eine liebliche Stimme
und in ihr singen sie das Gesetz von allem und
von den Bräuchen der Götter. Und sich ihrer Stimme erfreuend,
mit ihrem göttlichen Gesang, gingen sie nun zum Olymp,
und ringsum hallte die dunkle Erde wider und
ein lieblicher Laut erhob sich unter ihren Füßen.

(62-70)

Der Honig

Der in Delphi erhaltene Omphalos aus Stein hat die ungefähre Größe und Gestalt eines Bienenkorbes und ist mit einem wabenartigen Flechtwerk überzogen, das auf den ersten Schrein des Orakels zurückverweist, der aus Bienenwachs und Federn war. Der Honig stellt einen Zusammenhang her mit der Süße des Gesanges; er war ein Synonym für seinen Wahrheitsgehalt: *jedem, den die Musen ehren, gießen sie süßen Tau auf die Zunge, und süß strömt ihm die Stimme aus dem Munde.* (Theogonie 83-84)

Von diesem Tau nahm man an, er wäre eine vom Himmel gefallene Flüssigkeit. Nach der antiken Vorstellung war der Honig nicht unmittelbar ein Produkt der Bienen, sondern des Himmels und der Luft, aus der er wie eine Art Tau herabregnet; ihrer Meinung nach sammelten ihn die Bienen nur ein. Aus ihrem Flug dann las man die Vorzeichen ab, und ihr Summen war eine andere Art des Orakels.

Diese Vorstellung erklärt sich am einfachsten durch das Phänomen des Honigtaus, jener Krankheit der Blätter, bei der sie mit einer klebrigen und zähen Ausscheidung überzogen werden, eine Krankheit, die häufig auch die dem Orakel geweihten Eichen befällt.

Der Aspekt der Wahrhaftigkeit des lieblichen und honigsüßen Gesangs der Musen hängt damit zusammen, daß man den Honig als die Speise der Götter ansah und die Seherinnen durch seinen Genuß entrückt werden; durch seinen hohen Zuckergehalt, meist vergoren oder mit Wein vermischt, diente er als Tonikum, das die Verkündung aus der Götterwelt stammender Wahrheiten ermöglichte. So werden im homerischen Hymnos an Hermes die Priesterinnen des Orakels, die Thriae, mit den Bienen verglichen, die im Zustand der Verzückung, der Inspiration sind:

Und es gibt nun gewisse erhabene Schwestern,
drei Jungfrauen, denen Flügel verliehen wurden;
ihre Häupter sind besprenkelt mit weißem Mehl,
und sie wohnen unter dem Grat des Parnassos
und sie lehren abseits jenes Orakels, wo ich,
als ich noch ein Kind war und Herden hütete,
lernte, und mein Vater mir dabei half.
Dort nun fliegen sie nun bald hierhin, bald

dorthin, essen aus den Honigwaben und
bringen alles und ein jedes Ding zu Ende.
Und wenn sie vom gelben Honig trunken sind,
dann sind sie willig, die Wahrheit zu sprechen;
nimmt man ihnen diese süße Speise der Götter,
dann schwirren sie nur durcheinander und lügen.
(552ff.)

Dichter und Seher stehen also deshalb zu den Bienen und ihrem Honig in enger Beziehung, weil sie die Menschen zu entrücken vermögen, wobei auffällig ist, daß der als Seher apostrophierte Dichter noch nicht als der Entrückende auftritt, sondern vielmehr als der Entrückte gilt. Und daß seine Offenbarung nur dann als wahr angesehen wird, wenn ein Rauschmittel als göttliche Substanz mit im Spiel ist.

Psychotrope Substanzen

Mehr als wahrscheinlich ist, daß neben vergorenem Honig und Wein und den Dämpfen aus dem Kessel oder den Erdspalten auch psychotrope Substanzen beim Orakel Verwendung fanden. Der Alkoholgehalt, der bei natürlicher Gärung entsteht, ist nie höher als 14%, und die Destillation kannten die Griechen nicht; überliefert ist zudem, daß der Wein immer mindestens zu zwei Drittel mit Wasser vermischt getrunken wurde, dabei aber auch mit Pflanzen versetzt wurde – die »Blume« des Weins leitet sich davon ab. Von den Mysterien ist tradiert, daß ein besonderes Gebräu, der *kykeon*, getrunken wurde; seine Ingredienzien überliefert die *homerische Hymne an Demeter*: Wasser, Minze *(glechon)* und Gerste *(alphi)*. Das weiße Mehl der Gerste taucht in den bereits zitierten Stellen gleichzeitig mit dem Honig auf. Wie Untersuchungen zu den eleusischen

Mysterien gezeigt haben, war mit dieser Gerste das Mutterkorn gemeint, ein Parasit, der diese Getreideart häufig befällt und dessen halluzinogene Wirkung LSD entspricht. Möglich aber wäre auch, daß mit dem erwähnten Honig auch der Honigtau oder der Mehltau gemeint sein könnte, giftige Substanzen, die ebenfalls drogenartigen Charakter haben. Denkbar ist in diesem Zusammenhang, daß die Honigkuchen und die anderen pflanzlichen Opfergaben mit diesen Substanzen vermischt waren und als Droge von den Orakelpriestern ebenso wie von den Initianten eingenommen oder mit Wein und Wasser vermischt getrunken wurden. Sie halfen wohl, jene Offenbarung des Gottes als halluzinogene Erscheinung in der dunklen Höhle des Trophonios-Orakels ebenso wie im tiefen Brunnenschacht der Hippokrene am Helikon hervorzurufen.
Von den Mänaden weiß man auch, daß sie Pflanzen an Berghängen sammelten. Ihr Emblem ist der *thyrsos*, ein mit Efeublättern gefüllter, ausgehöhlter wilder Fenchel, der die Kräuter frisch hielt. Der Helikon war für seine Heilpflanzen berühmt; der Efeu, dessen psychotrope Wirkung in der Antike bekannt war, taucht in diesem Zusammenhang in der Inschrift eines Statuensockels der Terpsichore auf, die man bei den Grabungen am Musenhain entdeckte:

Der Efeu gebührt Terpsichore, der Lotos dem Bromios.
Möge er ihr einerseits inspirierend sein, aber auch ihn ergötzen.

Die Blumengaben, die man den Musen darbrachte – Lotos, Narzissen, Minze und Mohn, um nur einige Blumen mit leicht toxischer Wirkung zu erwähnen – der ganze Katalog verschiedenster Blumen, mit denen Meleagros die Dichter vergleicht, und auch die Muse Thalia, die etymologisch auf die Blume zurückgeht, lassen darauf schließen, daß die berauschende Wirkung von Kräutern und Pflanzen beim Orakel eine große Rolle spielten. Dazu kommt natürlich der Lorbeer als die den Dichtern heilige Pflanze, die ebenfalls psychotrope Wirkung haben konnte, wenn man die aus dem Sud des Kessels aufsteigenden Dämpfe einatmete.

Die Inspiration und die Mantik

Beim Orakel tritt der Seher zwischen den Antwort suchenden Menschen und den offenbarenden Gott, er erfährt ekstatisch die Wahrheit und vermittelt sie, wobei Priester und Seher in ihrer Funktion nicht zu trennen sind; religionsgeschichtlich stehen sie jedenfalls auf der Stufe der Schamanen. Wie jene sind sie zugleich Medizinmänner, Magier, Zauberer, Seelengeleiter und Dichter in einem, und das, was sie als Exponenten einer primitiven Mystik auszeichnet, ist neben ihrem Weltbild eine eigene Ekstasetechnik; sie sind Spezialisten einer Trance, in der ihre Seele den Körper verläßt, um in den Himmel (wie Pegasos) oder die Unterwelt (wie die Aloiden) zu fahren.

Merkmal ihrer gehobenen sozialen Stellung ist die Vererbbarkeit ihres Amtes, das vom Vater auf die Tochter weitergegeben wird. Den Priesterinnen schrieb man eine bestimmte Kleidung vor: weißes Leinen; Wolle und Leder, da sie von Tieropfern stammten, waren verpönt. Den Ritus vollzogen sie mit nackten Füßen, um mit den chthonischen Kräften Kontakt aufzunehmen. Weder am Gewand noch im Haar durften sie Knoten tragen, da er den Zauber gebunden hätte und sie machtlos geworden wären. Das Fasten trug ebenfalls dazu bei, die Hemmschwelle für einen Zustand der Trance zu senken.

Als psychisches Phänomen des geistigen Erregtseins gehört das Orakel wie der Traum und die Ekstase zur Mantik. Grundlage

Die »Basler Muse«

aller Mantik ist der Glaube an die *sympatheia* der göttlichen mit der humanen Sphäre, der Glaube an eine Verbindung zwischen diesen zwei Welten, und dadurch die Vorstellung, daß alles Einzelne zugleich Teil eines harmonischen Zusammenhangs, Teil des göttlichen Wissens ist; diese Vorstellung eines sich auf Analogie aufbauenden Universums war die Grundlage dafür, daß man aus unbelebter Materie, aber auch durch Dämonen Wissen über die Zukunft herauslesen zu können glaubte.

In der *deia mania*, der Ekstase, löst sich der Geist von aller Erdverbundenheit und wird von göttlichem *pneuma* erfüllt – jenem Atem, jenem Wind, auf den sowohl die Bedeutung des Wortes *theos* als auch die Etymologien des Begriffs Dichtung in den meisten indo-europäischen Sprachen zurückgehen. Als »göttlicher Funke«, Mania, Enthusiasmus und Inspiration wird die Dichtung zum Ereignis der Musen. In ihrem Zustand ist der Mensch über alle Formen diskursiven Denkens erhoben und gewinnt Einsicht in die Zukunft. Körperlich äußert sich dies in der Schmerzunempfindlichkeit, die man den Mänaden nachsagte, oder durch die Veränderung der

Stimme, jener Helle oder Schrillheit der Schreie, mit der Gesang der Musen meist charakterisiert wird. Diese mantische Ekstase ist dabei nicht nur Voraussetzung für die Wahrheit des Orakels; sie ist zugleich auch die Wurzel der Poesie überhaupt. Plato erklärt dies ausführlich in einer berühmten Passage seines *Ion,* wo er vom Blickwinkel einer zu seiner Zeit bereits wieder im Verfall begriffenen Poetik aus spricht:

Sämtliche großen Epiker schaffen all ihre schönen Dichtungen nicht aus einer bloßen Kunstfertigkeit heraus, sondern weil sie gottbegeistert und besessen sind, und mit den großen Lyrikern geht es ebenso. Wie nämlich die korybantisch Verzückten bei ihrem Tanz nicht bei Sinnen sind, so sind auch die Lyriker nicht bei Sinnen, wenn sie ihre schönen Lieder dichten, vielmehr sind sie, sobald sie in Harmonie und Rhythmus geraten, in bakchischer Besessenheit befangen.

Und wie die Bakchantinnen nur in ihrem Taumel Honig und Milch aus den Flüssen schöpfen, nicht aber, wenn sie bei klarer Vernunft sind, so macht es auch die Seele der Lyriker, wie sie selbst behaupten. Denn die Dichter sagen doch zu uns, sie sammelten ihre Lieder aus honigspendenden Quellen und aus den Gärten und Waldtälern der Musen und brächten sie uns, und wie die Bienen seien auch sie beflügelt.

Und es ist auch ganz richtig, was sie sagen. Denn ein leichtes Wesen ist der Dichter, beschwingt und heilig, und nicht eher ist er imstande zu dichten, als bis er gottbegeistert wird und von Sinnen ist und die Vernunft nicht mehr in ihm wohnt; solange aber ein Mensch noch in ihrem Besitz ist, bleibt er unfähig zu dichten oder zu weissagen.

Und weil die Dichter nun nicht bloß dank einer Kunstfertigkeit schaffen, wenn sie über ihre Gegenstände so viele schöne Worte

Musenkopf

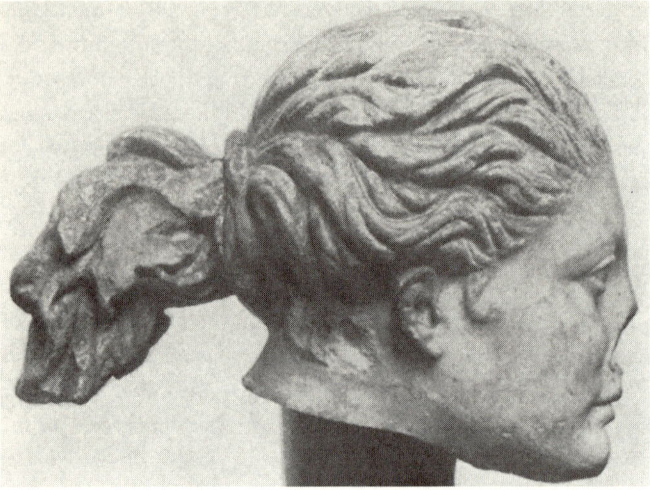

machen – wie du über Homer –, sondern dank einer göttlichen Gabe, so kann auch jeder nur das in seiner Dichtung schön gestalten, wozu ihm die Muse den Antrieb gibt, der eine nur Dithyramben, der andere Preislieder, der dritte Tanzlieder, jener Epen und dieser Jamben; zu allem anderen ist er unfähig. Denn nicht auf einer Kunstfertigkeit beruhen ihre Werke, sondern auf einer göttlichen Gewalt; wenn sie sich nämlich vermöge einer Kunstfertigkeit darauf verstünden, über einen *Gegenstand schöne Worte zu machen, so könnten sie es auch über alles andere.*

Wenn ihnen nämlich der Gott die Vernunft raubt und sie und die Orakelverkünder und göttlichen Seher als seine Diener gebraucht, so geschieht es deshalb, damit wir, die ihnen zuhören, auch wissen, daß nicht sie selbst, die ja gar nicht bei Sinnen sind, so kostbare Dinge sagen, sondern daß es der Gott selbst ist, der redet und durch ihren Mund zu uns spricht.

Den stärksten Beweis für diese Behauptung gibt Tynnichos aus Chalkis, der nie ein Gedicht verfaßt hat, das jemand erwähnenswert fände, außer seinem Paian, der in aller Munde und vielleicht das schönste von allen Liedern ist, ein wahrer »Fund der Musen«, wie er selbst sagt.
Mir scheint, an diesem Dichter zeigt uns der Gott entgegen unserer Zweifel besonders deutlich, daß diese schönen Gedichte nicht menschlicher Art und nicht das Werk von Menschen sind, sondern etwas Göttliches und das Werk von Göttern, und daß die Dichter gar nichts anderes als Dolmetscher der Götter sind, ein jeder besessen von dem Gott, der ihn ergriffen hat. Um das zu zeigen, ließ der Gott mit Absicht das schönste Lied von einem ganz unbedeutenden Dichter singen. (534a-535a)

Die Ableitung des Wortes Inspiration führt auf zwei Vorstellungen zurück, die zusammenhängen. Inspiration kann zum einen bedeuten, daß der Dichter berauschende Dämpfe aus dem Kessel mit Wasser und Lorbeer, auf seinem Dreifuß über dem Feuer sitzend, einatmet. Die Dämpfe – das *pneuma* – lösen eine paranoide Trance aus, in der die Zeit aufgehoben ist und Erinnerung und Zukunftsahnung sich bedingen.
Andererseits aber bedeutet die Inspiration auch, daß sich dieser Zustand der poetischen Transparenz ereignet, wenn der Dichter in einem heiligen Hain auf den Wind lauscht. Die geläufige Ikone der Muse, die einem Dichter ins Ohr flüstert, bezieht sich auf diese Inspiration aus den Baumwipfeln: die Muse ist die *dryas* (Eichenfee), *karyatide* (Nußfee), *hamadryade* (Baumfee) oder *helikoniane* (die Fee vom Berg Helikon, dessen Name von der den Dichtern heiligen Weide *helike* stammt). Beim ältesten überlieferten Orakel in Dodona bezogen die Priesterinnen ihre Prophezeiungen aus dem Rascheln der Blätter der

heiligen Eiche, dem Gurren der Tauben auf seinen Ästen oder dem Aneinanderschlagen der eisernen Töpfe, die an seinen Zweigen aufgehängt waren.
An diesem Punkt der Entwicklungsgeschichte der Musen setzt nun die Lyrik ein. Hesiod – oder der Theor, der sich auf ihn beruft – liefert uns die Belegstelle dafür, obwohl er zu seiner Zeit und von seinem eigenen, nicht allzu bescheidenen Selbstverständnis als Dichter bereits wieder auf eine gewisse kritische Distanz zu den Musen geht, anders als Homer oder die *homerischen Hymnen*:

Und eines Tage lehrten die Musen Hesiod den schönen Gesang,
als er seine Schafe unter dem heiligen Helikon hütete,
und diese Worte sprachen die Göttinnen als erstes zu mir,
die olympischen Musen, die Töchter des Zeus,
der über die Aegis herrscht:
Ihr Schäfer in dieser Wildnis, Schande über euch,
ihr armseligen Bauern, nichts als fette Bäuche seid ihr,
wir wissen viel Falsches zu sagen, als ob es wahr wäre,
können aber auch, wenn wir wollen, die Wahrheit verkünden.
So sprachen die Töchter des großen Zeus mit klarer Stimme
und sie gaben mir einen Stab, einen ansehnlichen,
sie brachen ihn vom Lorbeerbaum und hauchten mir
eine göttliche Stimme ein, damit ich alles das rühme,
was vorher einmal war und was einmal wird;
und sie trugen mir auf, vom Geschlecht der Unsterblichen
zu singen, von ihnen selbst aber immer zuerst und zuletzt.
Doch was soll mir all dieses Reden von Eiche und Stein?
(Theogonie 23-35)

Orpheus

Orpheus ist eine Fiktion jener orphischen Sekte, die ihn vom 6. Jahrhundert an mit ihrer Betonung der Askese, Kathartik und Eschatologie zur Erlöserfigur hochstilisierte. Man schrieb ihm vermeintlich uralte Gedichte zu, Hymnen, Weihegesänge mit liturgischem Inhalt, Orakel und eine *Theogonie*, in denen allen Dionysos eine zentrale Rolle spielt und die zum Inhalt hatten, daß das Leben des einzelnen nur ein Bruchstück sei, das durch den Tod zur Erneuerung in einem jenseitigen Dasein überführt werde.

Seine Legende war bestrebt, seine Dichtung als die erste überhaupt, noch vor Homer, darzustellen. Man gab ihn deshalb als Sohn der Muse Kalliope aus und machte ihn nicht nur zum Erbauer der ersten Musikinstrumente – Phorminx, Kithara oder Lyra –, sondern auch zum Erfinder des Hexameters und der Schrift überhaupt. Die verschiedensten Motive bezog man auf ihn: als Sänger, der die unbelebte Natur und die Tiere bezaubert, lehnt er sich an Amphion an, sein Abstieg in die Unterwelt geht auf die Katabasis des Herakles zurück und seine Zerstückelung durch die Frauen auf Zagreus. Seine Heimat rückte man unmittelbar an den ursprünglichen Sitz der olympischen Musen. Der Abstammung nach machte man ihn zum Thraker, wo der Musenkult seinen Ursprung hatte. Kurz, er ist der Inbegriff des griechischen Aoidos, jenes archaischen Sängers, der Zauberer, Seher und Dichter zugleich ist.

Orpheus, nie wieder wird dein Gesang die Bäume bezaubern,
nie mehr den Felsen und nie wieder das wilde Getier,
wird nicht mehr dem Sturm und keinem Hagel Einhalt gebieten,
nicht mehr dem stiebenden Schnee noch dem lauten Meer.

Starbest du doch. Mnemosynes Töchter beweinten dich innig,
Mutter Kalliope gab schmerzlichster Trauer sich hin.
(Gr. Anth. VII 8, Antipatros von Sidon)

Zu seinem Schüler oder Lehrer – je nach Überlieferung – erhob man den Dichter Musaios, der ebenfalls eine Theogonie, aber auch Orakel und Hymnen auf Demeter und Dionysos geschrieben haben soll; auch dessen Heimat verlegte man nach Pierien, von wo er mit den Thrakern nach Böotien an den Helikon wanderte – ganz so, wie sich historisch der Musenkult auch ausbreitete.

Symbolisch steht Orpheus für die Rolle des Dichters im Spannungsfeld zwischen Orakel, Mysterien, Mantik und Fruchtbarkeitskult, den wir nur mehr rekonstruieren können; Pausanias geht im Zusammenhang mit seiner Statue, die im Musenhain aufgestellt war, indirekt darauf ein:

Der Thraker Orpheus ist dargestellt mit Telete neben ihm stehend, und um ihn herum sind Tiere aus Bronze oder Marmor, die ihm beim Singen zuhören.

Die Griechen glauben auch sonst viel, was nicht stimmt. So auch, daß der Thraker ein Sohn der Muse Kalliope und nicht des Pieros sei, und daß die Tiere durch die Anmut seines Gesangs verführt worden wären, ihm zu folgen, und daß er sogar lebend in den Hades hinabgestiegen sei, um von den Göttern der Unterwelt seine Frau zurückzufordern.

Ich habe den Eindruck, daß Orpheus durch die Schönheit seiner Gedichte alle übertraf, die vor ihm gelebt haben, und zu großer Macht gelangte, weil man glaubte, er habe die göttlichen Weihen gefunden und die Sühne für die Gottlosigkeit wie auch Besänftigung und Abwehr göttlicher Rache.

Einige sagen, Orpheus habe durch den Blitz des Gottes sein Ende gefunden. Der Blitzschlag aber habe ihn wegen der Lehren getroffen, die er in den Mysterien vortrug und die zuvor noch nie von Menschen gehört worden waren.
Von wieder anderen wird behauptet, nach dem Tode seiner Frau sei er ihretwegen nach Aornos in den Thesprotis gekommen; es gebe dort nämlich ein altes Totenorakel.
Jene Makedonen, die das Land um den Berg Pieria und die Stadt Dion bewohnen, sagen, daß dort Orpheus von den Frauen umgebracht worden sei. Wenn man aber von Dion zwanzig Stadien zum Berg hin geht, ist rechts eine Säule und als Aufsatz dieser Säule eine steinerne Hydria, die nach Aussage der Einheimischen die Gebeine des Orpheus enthält.
Wer sich aber mit der Dichtkunst schon viel beschäftigt hat, weiß, daß die Hymnen des Orpheus jeweils sehr kurz sind, und daß er insgesamt an Zahl nicht viele gedichtet hat. Die Lykomiden aber kennen sie und singen sie bei ihren heiligen Handlungen. An Schönheit stehen die Gedichte an zweiter Stelle nach den homerischen Hymnen; wegen ihrer göttlichen Weihe werden sie jedoch mehr als jene geachtet. (IX 30.4-31; gekürzt)

Im Wesenskern steht die Macht seiner Musik für jene magische Macht der Musen im Orakel, die sich Natur, Menschen, Tiere und Pflanzen gefügig macht: er redet zu den Vögeln und Fischen; Bäume, ganze Wälder, Steine, Felsen und ganze Gebirge kommen herbei; die Flüsse hören auf zu fließen. Das wilde Meer beruhigt er, den Winden gebietet er, und auf den Bergen bringt er den Schnee zum Schmelzen.
Was seine Heilkunst, seine Liebe zur Musik und den Tieren, seine Zaubermittel und seine Wahrsagekraft betrifft, steht Orpheus religionsgeschichtlich dem Schamanentum nahe.

Seine Mysterien waren ursprünglich wohl primitive Initiationsriten, deren Grundprinzip die verborgene Begehung (*dromena)* und Kündung der »unaussprechlichen« Dinge in Geheimriten war. Die Mysterienformeln nehmen Bezug auf sublimierte Sexual- und Vegetationssymbolik. Bedeutungshaltige Geräte wie die Schwirrhölzer des Orakels dienen als Requisiten der Weihung. Worüber die Mysterien Zeugnis ablegen, ist der Eingang in die Nacht des Todes und das Erlebnis des Schreckens der Unterwelt, des Refrigeriums mit seinen Wahrzeichen von Quelle und Wassergefäß. Ihr Wesen ist die Epiphanie, die Schau der verborgenen Wahrheiten als höchstes metaphysisches Glück.
Die orphischen Mysterien haben in ihrem Wesen viel mit jenen des Dionysos, der Gaia, der Rhea oder der Kybele zu tun. Diese Gemeinsamkeiten lassen wiederum darauf schließen, daß die Priester dieser Kulte – und damit vielleicht auch die ersten Seher, die ersten Aoidoi – Kastraten waren, die nur entmannt die Rolle des Gottes verkörpern konnten. In der *Griechischen Anthologie* kommen einige Weihepigramme deutlich darauf zu sprechen:

Mutter Gaia, Ernährerin phrygischer Löwen, du, Göttin,
deren Mysten sich wild tummeln am Dindymonberg,
ich, der entmannte Aexis, ich tobe nicht länger beim Dröhnen
kupferner Becken, und was früher zum Tanz mich gereizt,
widme ich dir: Die gellenden Zimbeln – die dröhnenden Hörner,
die, zur Seite gekrümmt, den Rindern ihr Schmuck war –
donnernde Pauken – das Messer, von meinem Blut rot –
schließlich das Blondhaar, das ich eifrig geschüttelt beim Tanz.
Wild überließ ich mich, als Jüngling dem rasenden Taumel;
gnädig vergönne ich mir jetzt Ruhe vom einstigen Wahn.
(VI 51)

Als Besonderheiten einzelner Mysterien wie der in Eleusis, stehen magisch-agrarische Riten: Ferkelopfer, Trankspenden, Honigkuchen, Mohn und andere Symbolfrüchte – und die Katharsis durch das Schwingen von Getreide und den Gerstentrank.
In den Dionysoskulten leben diese Mysterien weiter und gehen auf in den rituellen Nachtfeiern, orgiastischen Tänzen und der Flötenmusik, der Höhleninitiation – mit ihren Phänomenen der Manie, des Rausches, der Ekstase und des verzückten Stammelns (Bakchos bedeutet ja der *Stammler*) –, verknüpft mit asketischem Fasten, Weintrunk, Taufbad, Schweigezeit, sexueller Askese, aber auch der Ekstase, der Kasteiung und der Eviration.

Das Trophonios-Orakel

Wie man sich nun die Praxis des archaischen Musenkultes im einzelnen vorzustellen hat, ist nicht überliefert. Vergleichbar scheint jedoch der Bericht des Pausanias über das Trophonios-Orakel in der Nähe des Helikon. Einige Motive des Aloidenmythos finden sich darin wieder, das kalte Wasser des Styx, die Dualität der Musen an den Quellen, die Erinnerung und Vergessen symbolisieren, die Verbindung zu Poseidon und Gaia in der Verbindung zur Unterwelt, das Auge und das Ohr der Aloiden im Motiv der Höhle, die Entrückung durch die Musen, und die Aloiden als *Söhne der Tenne.*

Bei dem Orakel geschieht folgendes. Wenn jemand in die Trophonioshöhle hinabsteigen will, verbringt er zuerst eine bestimmte Zahl von Tagen in einem Haus, das dem guten Daimon und dem guten Geschick geweiht ist. Während des Aufenthaltes hier vollzieht er die übrigen Reinigungsvorschriften, darf aber nicht warm baden, denn dazu dient der Fluß Herkyna. Er erhält auch reich-

lich als Opfer dargebrachtes Fleisch; der Hinabsteigende opfert nämlich dem Trophonios selbst und den Söhnen des Trophonios, dazu dem Apollo, dem Kronos, dem Zeus, der Hera und der Demeter. Bei jedem Opfer ist ein Seher zugegen und beobachtet die Eingeweide des Opfertieres, und danach verkündet er dem Hinabsteigenden, ob ihn Trophonios günstig oder ungünstig empfangen werde.

Dann steigt er hoffnungsvoll hinab, und zwar so: Zuerst führen ihn in der Nacht zwei etwa dreizehn Jahre alte Bürgerssöhne, die Hermai heißen, an den Fluß Herkyna und salben und waschen ihn dabei. Bevor er von den Priestern an die Orakelstätte geführt wird, gehen sie mit ihm zu Quellen, die einander ganz nahe sind. Dort muß er das sogenannte Wasser des Vergessens trinken, damit er alles vergißt, was er bisher gedacht hat, und danach trinkt er das Wasser des Erinnerns, durch das er sich an das erinnert, was er sah, als er hinabstieg.

Dann geht er zur Orakelstätte, bekleidet mit einem leinernen Chiton und Binden um den Chiton und in einheimischen Sandalen. Die Orakelstätte befindet sich über dem Hain auf dem Berge. Eine Plattform aus Marmor ist ringsum gebaut in der Größe wie eine ganz kleine Tenne und weniger als zwei Ellen hoch. Auf der Plattform stehen Gitterstäbe, die ebenso wie die sie verbindenden Bänder aus Bronze sind; in sie sind Türen gebaut.

Innerhalb des Bezirks befindet sich ein Erdschlund, der nicht natürlichen Ursprungs ist, sondern künstlich und aufs sorgfältigste gebaut wurde. Die Form dieses Bauwerks gleicht einem Backofen; in der Breite beträgt sein Durchmesser schätzungsweise vier Ellen, und auch die Tiefe des Bauwerks kann man wohl auf mehr als acht Ellen schätzen. Ein Abstieg zum Boden ist nicht gebaut; wenn jemand zum Trophonios geht, bringt man ihm eine schmale, leichte Leiter.

Der Hinabsteigende legt sich nun auf den Boden, indem er mit Honig gebackene Kuchen in der Hand hält, schiebt zuerst seine Füße in das Loch und folgt dann selber nach, wobei er darauf Bedacht nimmt, daß sich seine Knie in dem Loch befinden. Der übrige Körper wird dann sofort ergriffen und folgt den Knien nach, wie der größte und reißendste Fluß einen vom Strudel erfaßten Menschen verschlingt. Von da an ist für die, welche in das Allerheiligste gelangt sind, die Art und Weise, wie sie die Zukunft erfahren, nicht ein und dieselbe, sondern der eine sieht, der andere hört etwas. Die Hinabgestiegenen kehren durch dieselbe Öffnung wieder zurück und wieder mit den Füßen voraus.

Denjenigen, der vom Trophonios heraufkommt, empfangen erneut die Priester und setzen ihn auf den sogenannten Thron des Erinnerns, der nicht weit vom Allerheiligsten steht, und fragen ihn dort, was er gesehen und erfahren hat. Sie tragen ihn in das Haus, in dem er sich auch vorher aufhielt, bei der Tyche (dem guten Geschick*) und dem Agothodaimon (dem* guten Daimon*), noch ganz benommen vom Schrecken und ohne Bewußtsein seiner selbst und seiner Umgebung. Im übrigen ist er dann später durchaus nicht weniger bei Verstand als vorher, und das Lachen kommt ihm auch wieder. Ich schreibe das nicht nur vom Hörensagen, sondern weil ich andere gesehen und auch selber das Orakel des Trophonios befragt habe.*

(IX 39-40.1; gekürzt)

Die Magie

Im Gegensatz zum Mythos steht die Poesie im Dienst des Kultus, als eine Gesamtheit menschlicher Betätigungen und Verhaltensweisen, welche auf die Verehrung und Besorgung göttlicher, in bestimmten Objekten manifest gedachter Kräfte und auf den Sänger gerichtet sind, der darin als privilegierte Person auch die Rolle des Gottes oder Dämons übernehmen kann. Der Begriff Magier geht zwar auf die Mager im Westiran zurück, aber aus dem Stammesnamen wurde die Bezeichnung einer Kaste, die sich wie in allen Kulturen mit jener der Seher und Priester und auch der Gelehrten im weitesten Sinne überschnitt. Herodot etwa kennt den Magier als Priester, der beim Opfer eine *Theogonie* vorträgt, wie Hesiod seinen Musengesang.

Religion, Magie, anfänglich auch die Astrologie, erwachsen dabei als Verhaltens- und Handlungsweisen des Menschen in ein und derselben Grundsituation: der Mensch sieht sich einer als überlegen empfundenen Macht gegenüber, deren Wohlwollen oder Hilfe er gewinnen und deren schädliche Wirkung er abwehren will. Was Religion und Magie voneinander unterscheidet, ist nur ihr soziales Ansehen und ihre kulturelle Akzeptanz. Jene griechischen Unterweltsgötter, die wir bereits gestreift haben – von Hekate bis zu den Erinnyen – stehen dabei in ihrer Peripherie an den Bereichen von Religion und Magie.

Die Beziehung zu solch überlegenen Mächten gestaltet sich in der Religion und Magie in verwandten kultischen Formen, deren gemeinsame Elemente sich gegenseitig nachweisen lassen. Beide überschneiden sich mit der Mantik – und aus jenem Sektor, der vom Götterzwang und vom zweckgebundenen Ritus freien Ekstase, entsteht die Poesie. In den meisten europäischen Kulturen sind die ersten erhaltenen Zeugnisse Zaubersprüche. Ihre Anwendungsgebiete sind Liebeszauber, Wetterzauber, Geisterbeschwörung und philosophisch angehauchte Theurgie.

Die Magie ist vordergründig eine Kraft, die transitiv jene der Naturgewalten wehren oder sie nutzen soll; sie entfaltet sich als Energie, die der Magier für sich beansprucht, um sie lenken und beherrschen zu können. Der Sprachgebrauch zeigt, wie eng diese Kraftvorstellung mit der Zauberei zusammenhängt: Eine Göttin *dynamis,* der Hekate als Zaubergöttin wohl gleichgestellt, wurde in Milet verehrt.

Voraussetzung für die Wirkungsmöglichkeit solcher Kräfte ist ein Weltbild, das in der Natur und dem ganzen Kosmos einen Zusammenhang – *sympatheia* – sieht, der die Übertragung bestimmter Energien nach gewissen Regeln möglich macht. Die Sympathie des Kosmos stellt ein Netz von Kommunikationsmöglichkeiten dar, das im Grunde dem objektiven Wesen des Mythos entspricht. Alle Vorgänge im Kosmos geschehen entweder als Mitleiden oder Entgegenwirken, Sympathie und Antipathie sind das Weltprinzip, auf dem noch die Vorsokratiker aufbauen. Wie die Beeinträchtigung eines Körperteils den ganzen Körper in Mitleidenschaft – *sympatheia* – zieht, so stehen alle Teile der den Menschen umgebenden Natur in Zusammenhang – und ein Charakteristikum der Poesie und ihrer Hermetik ist ja, daß sie genau diese Art der Beziehung zwischen Sprache und Welt auslotet, von ihrer anfänglich ekstatischen Glossolalie bis zur postmodernen Auffassung von Sprache als Medium allein.

Das Auge und das Ohr

Über den Aspekt der Magie erklärt sich von einer weiteren Seite her das Prinzip der Dualität, das am Anfang des Musenkultes steht. Die bezeichnendste Verfahrensweise magischer Technik ist auf der Basis des Sympathieglaubens der sogenannte Analogiezauber. Eine erwartete Wirklichkeit wird durch eine ähnlich verlaufende verwandte Handlung des Menschen provoziert. Die Praxis des Magiers ist dabei vielfältig, läßt sich aber auf drei hauptsächliche Riten reduzieren: das gesprochene Wort, die bildliche Darstellung, die mimetische Handlung – die Magie ist also im Grunde ihres Wesens emblematisch.

Die *technopaignia* genannten Gedichte – jene hellenistischen Gedichte, deren Form ihren Inhalt widerspiegelt, wie im Barock, bei den englischen metaphysischen Dichtern des 17. Jahrhunderts oder der Konkreten Poesie – gehen davon aus; sie hatten die Gestalt einer Axt, eines Eies, von Schäferpfeifen oder auch, wenn sie Eros betrafen, die Form seiner Flügel:

Schau, Herr der tiefbrüstigen Erde, die Acmonides von unten nach oben kehrte,
und fürchte dich nicht, daß jemand so geringer, so einen schäbigen
Bart hat, denn ich wurde geboren als die Notwendigkeit
herrschte und sie durch schmerzlichen Befehl
alle Kreaturen, die krochen oder
flogen, auseinander
oder im Chaos
hielt. Man nennt mich
nicht das schnelle, geflügelte Kind
der Cypris und des Ares, des Kriegsgottes,
denn ich herrsche nicht mit Gewalt, sondern durch Überredung,
und die Erde, die Tiefe der See und der eiserne Himmel gehorchten
mir, und ich nahm ihren alten Szepter an mich und gab guten Rat den Göttern.

(Gr. Anth. VX 24, Simias)

Eine besonders verbreitete mimetische Zauberhandlung ist das Binden. Man bindet, um Kräfte zueinander zu zwingen oder zu isolieren; ganz ähnlich ist das Nageln. Die richtige Zeit für solchen Bindezauber ist etwa, wenn der Mond (Hekate) zwischen den Zwillingsgestirnen steht; die aneinandergebundenen Zwillinge üben so Analogiezauber aus – eine emblematische Konstellation, die zu den Aloiden zurückführt.

Im Auge wohnt die Seele – der Blick besaß schon immer in hohem Maße Zauberkraft und hatte apotropäische Wirkung. Daß Ephialtes durch Pfeile in seine Augen getötet wird, belegt ein weiteres Mal das Attribut des Mantischen, Dämonischen und Magischen.

Andererseits sind auch Machteinwirkung durch Laute, Stimmen, Gebet oder Fluch eine geläufige Zauberpraxis; die Geschichte der Gigantomachie geht bei Homer schon allein mit der Drohung einher, *den Kampfeslärm zu entfachen.*

Der Lärm gehört zum chaotischen Urzustand der Welt; im geordneten Kosmos ist der unartikulierte Lärm Zeichen der Urwelt wie der Unterwelt, die Hesiod mit dem Echo und dem Hall identifiziert. Um diesen Lärm und seine Bedrohung zu überwinden, ahmt man selbst solche Unheil abwehrenden Laute nach. Rituelle Laute, Schnalzen und Zischen sind apotropäische und beschwörende Laute; der Magier versteht die Tierstimmen und kann sie nachahmen. Das moderne Lautgedicht als auditives Ikon geht im weitesten Sinn von dieser Tradition aus.

Bekannt ist das Aufheulen bei Zauberszenen; es ist derselbe Schrei, wenn Ephialtes, der Inkubus, auf die Brust der Frauen springt, die Mänaden in schrilles Geheul ausbrechen oder Medea (die Iphimedeia der Aloiden) in den *Metamorphosen* des

Ovid dreimal aufheult, wenn sie die Zauberkräuter im Mondschein sammelt:

Als dann der Mond im hellsten Licht schien
und im vollen Rund auf die Erde herabsah,
trat sie aus dem Haus; sie trug keinen Gürtel,
ihr Kleid fiel locker herab, die Haare frei
auf die Schulter. Sie ging allein und alles,
was man hörte, war das Geräusch ihrer Schritte
in der Stille der Mitternacht. Kein Laut war
zu vernehmen, weder von Mensch, noch Vogel
und Tier, kein Blatt raschelte, der Wind
blieb still und nur die Sterne funkelten.
Zu diesen wandte sie sich, die Hände erhoben
und schrie dreimal laut auf; dann ließ sie sich
mit den Knien auf die harte Erde nieder und
betete:
Nacht, Hüterin des Geheimen, und Sterne,
die ihr mit dem Mond dem Licht des Tages
folgt, Hekate, du mit den drei Häuptern,
die du weißt um das, was ich nun will,
die du kommst als Muse und in den Liedern
der Magier, Erde, die du ihnen Kräuter gibst,
Sturm und Wind, Berge und Flüsse und Seen,
ihr Götter der Haine helft, und ihr, Götter
der Nacht mit ihnen und ihrer Gewalt, wenn ich
es wollte, daß der Strom zur Quelle zurückfließt,
zum Staunen der Ufer, daß durch ihre Gewalt
das stürmende Meer sich beruhigt und das ruhige
Meer stürmt, daß sich die Wolken stauen,
nach meinem Willen, und sich verziehen,

daß ich die Winde vertreibe und sie wieder rufe,
daß ich mit Liedern und Worten die giftigen
Rachen der Vipern sprenge, den lebendigen
Fels, die entwurzelten Eichen und die ganzen
Wälder bewege, die Berge erzittern und auf
mein Geheiß der Boden zu beben und zu brüllen
beginnt, die Toten ihrem Grab entsteigen,
durch deren Gewalt ich auch dich, den Mond,
zu mir herniederziehe.

(VII 180-207)

Die Unverständlichkeit der Zauberworte und -formeln, der *asema onomata,* erhöhen nur die Wirkung der Magie; in der Onomatopoeia des Schreies, der *grammata ephesia* des Orakels, offenbart sich das Ereignis der Musen. Daneben ist auch das Gebet wichtig, die Zitierung festgelegter Worte in der richtigen Reihenfolge und Betonung; nur dann kann ein solcher Spruch Unheil abwehren. So sang man zu Plutarchs Zeiten noch eine rituelle Inkantation, die den Hunger vertreiben sollte: *Raus mit dir, Hunger! Her mit euch, Reichtum und Gesundheit!* Metrisch geformt, besitzt das Gebet höhere Energie. Daraus entwickelt sich der Paian und die Epode – aber auch das Distichon.

Das Distichon und die Elegie

Aus dem Prinzip der sich spiegelnden Dualität, dem magischen Binden, das in seiner *sympatheia* Universum und humane Sphäre vereint, entsteht auch die Gattung des Distichons, mit der sich die Poesie erstmals vom Epos abzusetzen beginnt. Ihr Anfang liegt in der poetischen Struktur der Zweizeiler in den Weihepigrammen: ein Hexameter, verbunden mit zwei Hexameter-Hälften in der zweiten Zeile. Der erste Vers endet darin rhythmisch gesehen offen, der zweite schließend; er geht also von einer Frage aus, die dann beantwortet wird. Keine der Zeilen kann für sich allein stehen; wie Lessing schreibt, weckt der erste Vers eine Erwartung, die der zweite befriedigt und einlöst, indem er »Aufschluß« gibt. Das Distichon ist die Durchführung eines Gedankens, der durch diese Form gebunden und damit objektiviert wird – in dem Sinn, daß sich in seiner Geschlossenheit die göttliche Macht des Wortes als Synthese manifestiert.

Die ersten Ausformungen dieser Gattung lassen sich ab 650 v. Chr. mit Kallinos, Tyrtaios, Mimnermos, Solon und Theognis verfolgen; formal bezeichnet war das Distichon nur ein festgelegter Rhythmus, der mit einem breiten Spektrum von Inhalten gefüllt werden konnte. Das Weihepigramm wurde zum literarischen Epigramm profanisiert, das in seiner Pointiertheit vom Aufruf zum Kampf, der Liebeserklärung bis zum Spottvers, von moralischen und politischen Reden bis zum modernen Slogan alles umfassen kann.

Als Schema, das Reflexion und Appell in sich vereint, wurde das Distichon zum Ausgangspunkt längerer Gedichte, die man später Elegien nannte; man sang sie zur Flötenbegleitung – *elegos* leitet sich von einem phrygischen Wort für Flöte ab. Mimnermos war der erste, der eine Sammlung von Gedichten nach einer Geliebten – *Nanno* – betitelte, Antimachos von Kolophon im 5./4. Jahrhundert nannte die seinen nach einer verstorbenen *Lyde*. Die Dichter der alexandrinischen Schule – Philetas von Kos, Kallimachos von Cyrene, Hermesianax von Kolophon – machten eine Tradition daraus, die dann die lateinische Elegie – Gallus, Catull und die *Lesbia* und vor allem

Properz mit seiner *Cynthia* – fixierte; so fand die Elegie wieder zu ihrem Ausgangspunkt zurück: der Anrufung der Musen.

Der Paian

Der Paian war vor allem ein Gesang zu Ehren Apollos; zugleich aber stand das Wort auch für den Namen eines Heilgottes und für den Schrei, mit dem man ihn grüßte. Ursprünglich bezeichnete er einen Versfuß, den Creticus – x –, dessen Endlängen oder Anfangslängen oft auch aufgelöst waren: – x xx oder xx x –. Verwandt sind diese wiederum mit dem Bakchos und dem Palimbakchos: x – – und – – x, deren Rhythmus fließend zwischen 5 und 6 Takten wechseln konnte. Abstrakt als Lautform gesehen, geben sie die Onomatopoeia der Beschwörung und des Abwehrens wieder.

Aus ihnen entwickelten sich schließlich Verse mit lebhaften Rhythmen und von volkstümlichem Charakter, so wie sie die Komödienschreiber bevorzugten, aber auch Hymnen mit denen man nach dem 5. Jahrhundert andere Götter neben Apollo besingen konnte, aber auch Menschen, Siege oder Hochzeiten. Manchmal profan und manchmal sakral, vereinte er in sich die Charakteristika des mittelalterlichen Rogate, des Te Deums, des Benedictus und des Gratias. Auf eine bestimmte Thematik war er nicht einzuschränken, obwohl er sich nach Platon deutlich von den Hymnen und Dityhramben unterschied, Gattungsbegriffen, die sich erst in seiner Zeit vermischten.

Umrahmt wurde der Paian von Tänzen, deren orgiastischer Stil die Begleitung durch den *aulos* – und nicht die apollinische Lyra – noch unterstrich. Ursprünglich war er ein kathartischer und apotropäischer Gesang, der Gesang, den die *orgiones*, die Priester-Magier, welche den *orgia* vorstanden, intonierten, um Dürre, Pest und andere Kalamitäten zu vertreiben. Eingeführt wurde er in Delphi im Laufe des 7. Jahrhunderts von den Priestern des Delphinions, dem knossischen Kult des Delphins, was darauf schließen läßt, daß er kretischer Herkunft war und auf das Ende des 9. Jahrhunderts zurückgeht, als minoisches Erbe. Der Autor der *pythischen Suite* unterstreicht diesen Aspekt:

An ihrer Spitze zog Apollon, der Sohn des Zeus, und hielt eine Phorminx in seinen Händen, auf der er wunderbar spielte und zugleich mit großen Schritten weiterging. Die Kreter folgten ihm zur Pythia, indem sie mit den Füßen auf den Boden stampften und den ›Ie Painon‹ sangen – so sind die Paiane der Kreter, in deren Bauch die göttlichen Musen einen schön anzuhörenden Gesang legten. (V 514-519)

Das Wort Paian läßt sich mit den makedonischen Paiones in Verbindung bringen, vor allem aber auch mit *paio* oder *pauo*, indem man darin den Gesang sieht, der die Krankheit beendet, durch einen plötzlichen Eingriff des Heilgottes.

Die ersten Zeugnisse über den Paian als musikalische, dichterische Äußerung finden sich bei Homer in der *Ilias*, aber sie sagen nur so viel aus, daß es sich meist um einen an Apollo gerichteten Bitt-, Dank- und Sühnegesang handelt. Die überlieferten Fragmente zu Beginn des 5. Jahrhunderts von Tynnichos und die Bruchstücke von Bakchylides und Pindar zeigen, soweit ersichtlich, den Paian als Prozessions- und Bittgesang in einer engen Verbindung zum Kult, weisen aber bei unterschiedlicher Länge eine den Epinikien nur teilweise entsprechende Vielfalt auf, mit der sie nur mehr die triadische Gliederung gemeinsam haben. Von Sophokles ist in der *Antigone* ein Paian an Bakchos erhalten, von dem hier der Schluß zitiert sei:

Du Lenker des Lichtes der Sterne
im Purpurmantel der Nacht, du
Führer im Gesang des Chores!
Du, Herrscher und Sohn des Zeus,
erscheine in der Mitte des trunkenen
Reigens, der dich in seinem Rasen
feiert, im Tanz durch die Nacht,
um dich herum, Herr des Reigens,
Bakchos!

Die Epode wiederum war ein rhythmischer Zauberspruch, den man besonders bei Krankheit, Gliederverrenkungen, Schadens- und Liebeszauber anwandte, ein in den Gedichten der Antike besonders bei Chorliedern auf Strophe und Antistrophe folgender Abgesang.

Tabellae defixionem

Eine eigene Art des Wortzaubers sind der Fluch und die Beschwörung in ihrer schriftlichen Form. In einer oralen Kultur – wie sich uns der Musenkult in dieser Entwicklungsstufe präsentiert – war das Wissen Aufgabe einer Kaste, die mit ihren menotechnischen Mitteln das gesamte Potential einer Kultur zu tragen und auf die nächste Generation zu übertragen hatte. Wie uns aus den keltischen Kulturen (als älteste Vertreter des Indo-Europäischen) bekannt ist, bedurfte das Wissen der mündlichen Tradierung, der Inkorporation durch seine Träger, um lebendig und somit überhaupt von Belang zu bleiben. Bei den Schamanen und Druiden umfaßte dieses Wissen alle Bereiche der heutigen Geisteswissenschaften: Sänger, Dichter, Gelehrte, Magier, Philosophen und Priester gehörten ein und derselben Kaste an. Die schriftliche Aufzeichnung dieses Wissens war nur besonderen Gelegenheiten vorbehalten; das Wort, der Satz – der immer ein Vers war, eine musikalische Struktur – erhielt dadurch einen Anspruch auf Ewigkeit; zugleich jedoch wurden sie dadurch aber auch in ihrer Bandbreite beschnitten und steril: das Wort bekam die monotone Endgültigkeit von Gesprächen im Hades. Und diese Ewigkeit wünschte man grundsätzlich nur den eigenen Feinden oder den Geliebten, die es zu beschwören galt.

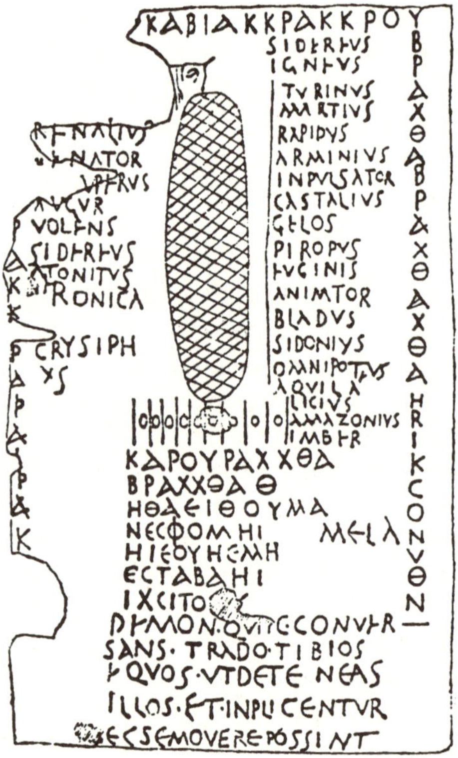

Diese schriftlichen Botschaften – gewissermaßen als infernalische Post – waren zusammengerollte, beschriebene Bleitäfelchen, die man mit einem Nagel durchbohrt hatte, um ihre Zauberkraft zu »binden«; das kalte Metall des Bleis stand symbolisch für den Tod. Bekannt sind diese *tabellae defixionem* seit dem 4. Jahrhundert v. Chr. in Griechenland. Man rief mit ihnen Hades, Persephone, Hekate, Zerberus, Tartaros ebenso an wie jene Gottheiten, die mit der Unterwelt in Verbindung standen: Gaia, Hermes oder Ananke – aber auch Götter der Mantik und der Magie, dämonische Mächte wie *Butubach, Bibirixi, Trabaxian* oder *Arourobaarzagran*, onomatopoetische Gottheiten, denen man mit den magischen Zeichen, bizarren Silben und anderen *asema onomata* Botschaften anvertraute, die man in die Gräber der Toten legte.
Unter der Bezeichnung *grammata ephesia* überliefert Clemens Alexandrinus im 2. Jahrhundert n. Chr. sechs angeblich aus Ephesos stammende Wörter: *askion, kataskion, lis, tetras, damnameneus, aisia.* Ihre Macht war sprichwörtlich und unbegrenzt; nach Plutarch wandte man sie auch zum Austreiben von Dämonen an: Besessene sagten diese magischen Wörter vor sich hin. Die geheimnisvolle Macht jener Wörter liegt dabei nicht nur in ihrer Unverständlichkeit, sondern auch in ihrem musikalischen Aspekt, dem Rhythmus, dem Reim, der Abfolge von Konsonanten und Vokalen, den Alliterationen und Assonanzen. Plinius berichtet ausführlich darüber:

Jeder Mensch fürchtet, durch grauenvolle Verfluchungen verhext zu werden; daher die sich auf die Liebe beziehenden Nachbildungen solcher Zaubergesänge, wie sie unter den Griechen Theokrit, bei uns Catull und zuletzt Vergil geliefert haben. Viele glauben, daß Töpferwaren durch ähnliche Zaubersprüche zerspringen,

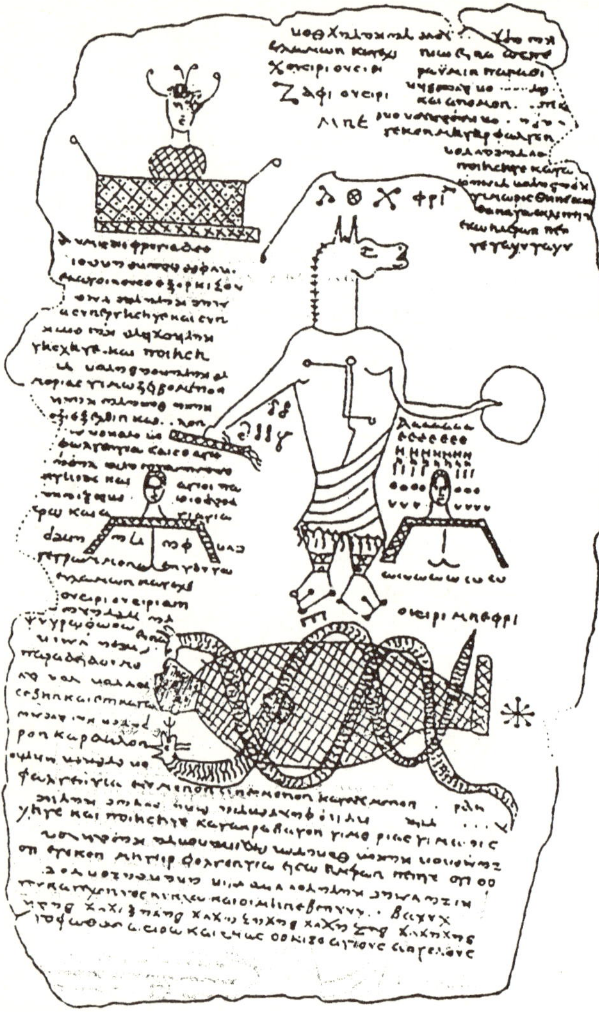

nicht wenige, daß dasselbe mit Schlangen geschieht, daß diese aber die Macht besitzen, einen Gegenzauber auszustoßen, ja, daß sie nur in dieser Hinsicht schlau sind und bei den Zaubergesängen der Marser sich sogar nachts im Schlafe zum Angriff zusammenziehen. Selbst Wände werden mit Zauberformeln gegen Feuersbrünste beschrieben. Es ist aber nicht leicht zu sagen, was einer Zauberformel mehr Glaubwürdigkeit entzieht, fremde und nicht aussprechbare Wörter oder lateinische, unerwartete, die unserer Vorstellung lächerlich erscheinen, da wir immer etwas Unerhörtes erwarten, was würdig wäre, einen Gott zu bewegen oder sogar dessen göttlichen Willen sich untertan zu machen.

(Nat. Hist. XXVIII 19f.)

Die Botschaften der *tabellae defixionem* waren in metrischer Form abgehandelte Wünsche, welche die Gleichgültigkeit einer Geliebten in Liebe umwandeln sollten oder den eigenen Haß einem Feind gegenüber realisiert sehen wollten: eine Aggression, die das Objekt der Begierde unter Kontrolle bringen will und dabei die ureigene Angst vor einer universellen Indifferenz verrät – eine Definition der Poesie, wie sie sich auch heute nicht besser ausdrücken läßt.

Die aloidischen Zwillinge im Hades, an ihre Säule gefesselt, geben diese verbundene und genagelte, diese magische Dualität des Zaubers wieder: zwischen dem Vergessen des Todes und dem Erinnern des Lebens stehen sie für jene magische Kraft der *divinatio*, die man den mit Kupfernägeln durchbohrten Täfelchen zusprach. An ihre Säule gebunden, in ihrer Janusgestalt symbolisieren sie die kabbalistische und mantische Kraft des Wortes, das – in sich gebündelt und zusammengerollt, in seiner ganzen Hermetik – der Aporie des Universums gegenübersteht: das parallele Universum des musikalisch aufgeladenen Wortes, das das Universum erst in die Sympathien und Antipathien des Kosmos, in die Strukturen einer sinnstiftenden Kosmetik für das ewig gleichgültige All umzuwandeln vermochte – eine humane Totalität, die das Orakel und dann die Poesie verkörperten.

Theokrit hat diese *tabellae defixionem* in seiner zweiten Idylle in eine lyrische Form gebracht:

Wo ist mein Lorbeer? Bring ihn, Thestylis! Wo sind die Kräuter?
Schlinge um die Schale das purpurne Vließ eines Schafes,
daß es meinen Geliebten an mich fesselt, der mich so quält.
Zwölf Tage ist es schon her, daß mich der Schuft besuchte.
Er weiß nicht, ob ich noch am Leben oder schon tot bin,
er hat nicht mehr an meine Tür geklopft – dieser Arsch.
Hat ihm Eros oder Aphrodite etwa sein bißchen Hirn
auf andere Mädchen gelenkt? Morgen werde ich zu ihm
zur Boxschule des Timagetos gehen, um diesen Bock zu sehen!
Fesseln und binden will ich ihn nun durch das Rauchopfer.
Leuchte mir hell, Mond, und ich werde leise für dich singen,
Göttin, und für dich, Hekate, in der Unterwelt. Sogar die Hunde
beginnen zu jaulen, wenn sie über das schwarze Blut und
die Gräber der Toten kommt! Sei mir willkommen, Hekate,
du Schreckliche, und führe mich an mein Ziel,
laß mein Zauberkraut nicht schwächer sein als jenes der Kirke,
oder die Gifte Medeias und Perimedes, der Blonden!

Zauberrad, zieh ihn zu mir zurück, meinen Geliebten.

Laß zuerst die Gerste im Feuer verglimmen. So streu doch weiter,
Thestylis! Du Närrin, wo bist du wieder mit den Gedanken?

Benehm' ich mich wirklich so lächerlich, sogar in deinen Augen?
Streu' sie in die Flammen und sag: Delphis Gebein bestreu ich!

Zauberrad, zieh ihn zu mir zurück, meinen Geliebten.

Delphis kränkte mich bitter; den Lorbeer verbrenn' ich für ihn.
So wie die Blätter im Feuer prasseln und so plötzlich verglühen,
daß wir nicht einmal ihre Asche sehen, so möge auch das Fleisch,
auch das Fleisch meines geliebten Delphis im Feuer vergehen!

Zauberrad, zieh ihn zu mir zurück, meinen Geliebten.

Wie die Wachspuppe hier mit göttlicher Hilfe zerschmelze,
so soll vor Liebe auch Delphis, mein Myndier, zerschmelzen!
Und wie das eiserne Zauberrad im Schwung Aphrodites
sich dreht, soll auch er sich vor meiner Tür im Kreis dreh'n!

Zauberrad, zieh ihn zu mir zurück, meinen Geliebten.

Und jetzt verbrennen wir die Kleie. Artemis, du, die du im Hades
sogar den stählernen Gott und alles Starre zu rühren vermagst –
Thestylis, die Hunde heulen schon für uns in der Stadt,
die Göttin ist schon an der Kreuzung, schnell, schlag das Becken!

Zauberrad, zieh ihn zurück zu mir, meinen Geliebten.

Das Meer ist ruhig, und die stürmischen Winde, die schlafen,
doch mein Herz allein, das schweigt nicht, vor bitterem Schmerz,
denn ich brenne vor Sehnsucht nach jenem, der mich nicht
zu seiner Frau machte, sondern zur armen Haut – einer Hure!

Zauberrad, zieh ihn zu mir zurück, meinen Geliebten.

Dreimal gieße ich das Trankopfer hin, dreimal bete ich, Herrin:
Mag ein Mann oder ein Mädchen nun neben ihm liegen,
soll er sie vergessen, so wie einst, wie sie sagen, Theseus,
bei Dia vergaß die Ariadne mit ihrem langen, fallenden Haar!

Zauberrad, zieh ihn zu mir zurück, meinen Geliebten.

Pferdewahn heißt ein Kraut in Arkadien; alle Fohlen und auch
die brünstigen Stuten stöbern wie rasend nach ihm in den Bergen,
und so will ich Delphis sehen, daß er zu mir kommt, nach Hause,
vor Geilheit ganz aus dem Häuschen, direkt aus dem Boxring.

Zauberrad, zieh ihn zu mir zurück, meinen Geliebten!

(1-52)

Das Zauberrad ist hier das griechische *iynx*, ein volkstümlich als *Wendehals* bezeichneter, kleiner, zu besonders schnellem Wenden des Kopfes befähigter Vogel. Man schrieb ihm übernatürliche Fähigkeiten bei Beschwörungen zu. Auf einen metallenen Kreisel oder ein Rädchen gebunden und mit demselben schnell nach einer Richtung herumgedreht, sollte er die magische Wirkung entwickeln, einen ungetreuen Liebhaber erneut an die verlassene Geliebte zu fesseln. Der Name des Vogels wurde auch zur Bezeichnung des Kreisels bzw. des Rades selbst – wiederum nur ein anderer Aspekt des *omphalos'* der Gaia oder des Rundaltars der Hekate, an dem die Inschrift *bustrophedon* von links nach rechts und von rechts nach links, im Kreise und um sich selbst zurück verlief: die hermetische Spirale des Gedichts, die Serpentine, die sich über die *tabellae defixionem* zurück zu Ephialtes und Otos auf ihre Säule dreht, an der sie mit Schlangen gefesselt sind, im Knoten ihres Bannes.

Die Etymologien des lateinischen *versus* und der griechischen *strophe* verweisen auf diesen Ursprung der Poesie aus dem Reigen – als »Drehen« und »Kreisen« rund um einen Altar oder in einem Hain, bei dem jeder Vers eine neue Wendung im Tanz bedeutet. Auch der Wortstamm der Ballade kommt auf den Tanz zurück, wie auch der Dichter ursprünglich der Anführer einer Totemgesellschaft von religiösen Tänzern war; dies trifft bereits auf Hesiod zu, über den Pausanias schreibt: *er habe die Wahrsagekunst bei den Akarnen gelernt, und es gibt ein Gedicht über die Weissagekunst, welches ich selbst gelesen habe, und Auslegungen über Vorzeichen.* (IX 31.5)

Magische Kräuter

Der Pferdewahn – von dem Theokrit in der zuletzt zitierten Strophe spricht – führt zum toxischen Aspekt des Orakels und der Musen: gemeint ist ein in der antiken Literatur oft erwähntes Liebesmittel, *hippomanes*, das, in seiner Substanz verschieden, meist als Brunstschleim von Stuten gedeutet, hier von Theokrit als Pflanze genannt wird. Die Musenpriesterinnen des Helikon benutzten vermutlich zwei vom Pferd stammende Substanzen, um ihre Ekstasen zu steigern: den schleimigen Scheidenausfluß der Stute und die schwarze Membran, oder *hippomanes*, abgeschnitten von der Stirn eines neugeborenen Hengstfohlens, welche die Stute (laut Aristoteles) oft frißt, um dadurch ihre Mutterliebe zu steigern. In der *Aeneis* tat Dido *hippomanes* in ihren Liebestrank – dies verweist schon weiter auf den Pegasos.

Lehnende Muse

Die Verehrung der Musen auf dem Helikon (und vermutlich auch in Pierien) ging einher mit beschwörenden Verfluchungen und Segnungen; laut Pausanias war der Helikon berühmt für seine medizinisch wirksamen Kräuter, welche diese Beschwörungen unterstützten: *Die Umwohner des Helikon sagen, daß auch alle Kräuter und Wurzeln im Gebirge am wenigsten für den Menschen todbringend sind* (IX, 28.1) – besonders die neunblättrige schwarze Nieswurz, mit deren Hilfe Melampos in Lusi die Töchter des Proteus heilte, die Wahnsinn kurieren konnte und eine ähnlich therapeutische Wirkung auf das Herz hatte wie der Fingerhut. Auch Lucretius erwähnt giftaushauchende Bäume am Helikon, was immer das sein mochte.

Von der heilenden Wirkung der Musen berichtet auch ein später Mythos auf Lesbos, wo die dortigen 7 Musen als mystische Dienerinnen gedeutet wurden, die bei Geistesstörungen helfen können. Eine schwächliche Person, Telesilla in Argos, der das Orakel den Musendienst empfohlen hatte, wurde durch Gesang und Musikpflege wieder gesund und schließlich sogar noch zur Heldin in den Kämpfen um ihre Mutterstadt – ein unschlagbarer Erfolg für diese erste Form der Musiktherapie.

Drei Epigramme an die Musen

Als archäologischer Beleg verweist eine der nur bruchstückhaft überlieferten Inskriptionen im Hain von Askra auf die heilende Kraft der Musen, zumindest gilt dies für Kodros, den sagenhaften König von Athen:

... den genesenden Kodratos
... durch Alter und Mühsal

... die in Freundschaft verkehren
... Erinnerung an die Tugend, der Helikon.
... durch Beschluß des Vaters

Eine zweite erhaltene Inschrift dagegen läßt über einen den Musen nachgesagten Mißerfolg auf ihre ursprünglich heilende Funktion schließen. Ihr Aufgabenbereich überschnitt sich offenbar mit jenem des Äskulap, von dem man mehrere Statuen am Helikon ausgrub und dem in Thespiai ein ganzes Heiligtum gewidmet war:

Kalityche ging von der Seite ihres greisen Vaters, sie liegt hier tot,
nachdem sie von einem vernichtenden Daimon getroffen wurde,
die weithin vernehmlichen Musen erschienen den Gebeten
des Vaters Zakoros aber nicht. Die Moira hält mich
im Askraischen Grab verborgen. Wer hat nicht Mitleid
mit den unerfüllten Hoffnungen der Eltern, wenn er mich sieht.
Des Solpikiers Zakoros unglückliche Tochter Kalityche liegt hier,
nachdem sie das 20. Lebensjahr vollendet hat.

Beide Inskriptionen geben eine Ahnung davon, daß die Musen ihren Aspekt als chthonische Göttinnen auch in der späteren Blüte ihres Kultes nie ganz aufgaben. Ihrer Verbindung zur Unterwelt ist sich zumindest noch Alkaios von Messene um 200 v. Chr. bewußt, der ihnen diese Rolle in einem Grabepigramm der *Griechischen Anthologie* zuweist:

Tief in dem schattigen Haine von Lokris wuschen die Nymphen
nach dem Tod Hesiods sorglich den Leichnam im Quell,
wölbten ihm auch den Grabhügel; Ziegenhirten vermischten

bräunlichen Honig mit Milch, spendeten diese dem Grab.
Denn wie der Honig so süß erklangen die Verse des Alten,
da er vom lauteren Trank aller neun Musen getrunken.

(VII 55)

II
DIE TRIADE DER MUSEN

Die Söhne des Aloeus glaubten, es seien drei Musen und gaben ihnen die Namen Melete (Eifer), *Mneme* (Erinnerung) *und Aoide* (Gesang). *Einige Zeit später soll der Makedone Pieros, nach dem der Berg in Makedonien benannt ist, nach Thespiai gekommen sein und neun Musen eingeführt haben, denen er die bis heute üblichen Namen gab. So setzte Pieros es fest, weil er dies bei den Thrakern gelernt hatte; denn in alter Zeit soll das thrakische Volk klüger gewesen sein als das makedonische und göttliche Dinge nicht so verachtet haben wie heute.*
Es wird behauptet, Pieros hätte selbst neun Töchter gehabt und diesen die Namen der Göttinnen gegeben; diejenigen, welche von den Griechen Kinder der Musen genannt würden, seien Enkel des Pieros. Mimnermos aber, der die Elegie auf die Schlacht der Smyrnaier gegen Gyges und die Lider gedichtet hat, sagt in dem Proömium, die älteren Musen seien Töchter des Ouranos, die von diesen zu unterscheidenden jüngeren Kinder aber Töchter des Zeus.

(Pausanias, X 29.2)

Die Stürmenden

Die Logik des Mythos ist seine Genealogie; die Abstammung seiner Protagonisten legt seine Herkunft und seine Verbreitung im geographischen und kulturellen Sinne fest. Was Pausanias hier zitiert, sind die drei rekonstruierbaren Entwicklungsstufen des Musenkultes: seine Herkunft von den Thrakern, im heutigen Bulgarien, seine zweite Ausformung in Makedonien – in Pierien am Olymp –, und schließlich sein Wechsel nach Böotien zum Helikon.

Der Mythos der Aloiden streift alle Entwicklungsformen der Musen; zu lokalisieren jedoch ist er in der Landschaft Pierien. Er gibt den Konkurrenzkampf der Mythen wieder, der um den Olymp als zum Göttersitz prädestinierten Berg entbrannte: zwischen thrakischen, makedonischen und hellenischen Religionen, zwischen archaischen und olympischen Kulten, zwischen den dionysischen und apollinischen Göttern, den Giganten und Zeus. In diesem Religionsstreit spiegeln sich wiederum die verschiedenen Invasionen wider, die Kämpfe zwischen den thrakischen, makedonischen und hellenischen Stämmen um Gebiete und Macht, Einfluß und Ansehen.

In diesem Sinn ist es zu verstehen, daß Hesychios die Musen etymologisch nach Makedonien zurückführt und sie von den *Stürmenden* ableitet.

Pierien

Auch den homerischen Epen nach waren die Thraker den hellenistischen Stammesfürsten an kulturellem Niveau ebenbürtig. Als ein wesentlicher Zug ihrer Religion ist der chthonische Charakter ihrer Gottheiten und des weitverbreiteten Nymphenkultes hervorzuheben, der auf die Grundbeschäftigung

der Thraker Bezug nimmt, Ackerbau und Viehzucht. Ebenso bedeutend waren auch ihre Leistungen auf dem Gebiet der Musik und Tanzkunst – Orpheus, Musaios und Linos schrieb man thrakische Herkunft zu.
Man nimmt an, daß in der sogenannten »dunklen Zeit« (1200 bis 900 v. Chr.) die Makedonen unter dem Druck der nach-

Der Musenberg des Archelaos

drängenden Illyrer in das Gebirgsland der Eordaia vorgestoßen waren. Den Landstrich Pierien eroberten sie im 8. Jahrhundert, und die makedonischen Hirten wurden dort als Bauern seßhaft. Die kulturellen und politischen Spannungen blieben in dieser Region jedoch noch für Jahrhunderte bestehen; es läßt sich deshalb auch nicht mehr sagen, ob die Pieriden nun Thraker oder Makedonen waren.

Pierien am Fuße des Olymp gilt jedenfalls als die Heimat der Musen; als chthonische Gottheiten wurden sie dort von den Quellnymphen nicht unterschieden. Spuren dieses archaischen Kultes haben sich in ganz Griechenland erhalten. In Troezen hießen sie *musai ardalides*, was von *ardein* – befeuchten, benetzen – herrührt. In Lydien erscheinen sie als Nymphen des torrhebischen Sees und zugleich als Erfinderinnen der lydischen Nationalmusik, wie in Kleinasien überhaupt die dionysische und musische Begeisterung der Silene mit dem Kult der Flußgötter zusammenfällt. In Delphi verehrte man sie an der Kassotis-Quelle, in Athen am Ilisos, der heute noch Musenberg heißt. Eumelos der Ältere benannte sie mit unverkennbarem Hinweis auf ihren ursprünglichen Charakter nach drei Flüssen, und Epicharm ließ sie in einer Posse als sieben Fischweiber auftreten, die ebenfalls die Namen von Flüssen trugen.

Böotien

Im Zuge dieser Wanderbewegungen und der Eroberung Pieriens gelangte der Musenkult schließlich nach Böotien, wo er sich am Helikon etablierte. Das obere Tal des Permessos bei Thespiae mit der Stadt Askra, den Quellen Hippokrene und Aganippe, dem Gipfel und dem Hain unten war ihnen geweiht, in Phokis Delphi und die kastalische Quelle. Zeitlich ist dies wahrscheinlich im 8. Jahrhundert anzusetzen: daß Hesiod in seiner *Theogonie* die Unwissenheit der örtlichen Einwohner gegenüber dem Musenkult so betont und sie selbst hauptsächlich als olympische Musen sieht, läßt darauf schließen, daß ihr Kult gerade erst Fuß gefaßt hatte.

Zu einer eigenen Mythenbildung kam es zu diesem Zeitpunkt nur mehr in geringem Umfang; die meisten der mit ihnen verbundenen Geschichten – von Orpheus, Thamyras, Linos, Musaios, Hymenaios, Talemos und Rhesos – sind im Norden lokalisiert; nur der Pegasos-Mythos nimmt ein wenig Bezug auf Böotien. Doch selbst die mit dem Musenkult verbundenen böotischen Orte verweisen zurück auf Pierien: Pimpleia und Leibethron als Orts- und Kultnamen führen nach Makedonien zurück, eine Ortschaft Musaion ist am Olymp belegt, und der Oberlauf des makedonischen Baphyros hieß Helikon.

Neben diesem Ausgreifen im Raum wird in der Genealogie der Musen jedoch auch ihre Entwicklung in der Zeit ablesbar; als Töchter des Kronos oder des Uranos und der Gaia wurden sie zuerst bezeichnet, später dann als jene des Zeus. Was den helikonischen Musen jedoch an Ursprünglichkeit gebrach, das gewannen sie hier nun an Ansehen und Gewicht, als ein selbständiger Kulturkreis neben der übrigen Götterwelt; es fällt schwer, sich diese sich immer mehr an Profil gewinnenden Göttinnen noch als jene dienenden Wesen vorzustellen, die sich zu den Götterfesten mit Musikinstrumenten einfinden, wie sie uns am Olymp begegnen.

Eine Inschrift, die man bei den Grabungen am Helikon fand, verweist auf die archaischen Funktionen der Musen als chthonische Göttinnen der Fruchtbarkeit, mit denen sich ein Volk identifizieren konnte:

Die Thespier verehren die Mnemosyne
und die Musen des Helikon, sie verehren bei
Erato *die Schönheit, bei* Kleio *die Macht, bei* Urania
das Bett, bei Thalia *das Volk, bei* Terpsichore *den Wuchs,*
und bei Melpomene *den Geburtsschmerz;* Polymnia
besingt meine Gabe, Euterpe *die Scham,* Kalliope *den Verstand.*
Mich aber, Mnemosyne, *besingen alle als die Glücklichste:*
als Mutter statten mir meine Kinder den Dank ab.

Mneme und die Erinnerung

Die Musen in der ersten Ausprägung des Kultes waren eine Einheit, und wenn sie auch namentlich genannt wurden, wurden sie doch noch nicht individuell differenziert. Wie Plutarch berichtet, kannte man in Delphi ihre Namen überhaupt nicht, man gab nur die drei Saiten der Lyra an; er selbst leitet sie an einer Stelle von einem Wortspiel ab – *omou ousai*, die gleichzeitig und zugleich Seienden.

An anderer Stelle verbindet er *mousai* mit *mneiai*, den Erinnerungen; etymologisch verwandt sind sie dadurch mit dem Verb *mimneskein* – erinnern –, das eng mit *manthanein* – lernen – zusammenhängt. Plutarchs Erklärung geht darin mit jener des Pausanias konform, indem auch jener die Göttin der Erinnerung an den Anfang setzt, Mneme, die man als Mutter der Musen sah.

Was die Poesie im Gegensatz zur Prosa allgemein unterscheidet, ist die Polyvalenz ihrer zeitlichen Dimension. Ein Gedicht ist nie ein linearer Diskurs wie die Prosa, es baut nicht auf der Logik des Syntagmas auf. Das Gedicht ist eine Schnittstelle, wo sich die Koordinaten des Raumes und der Zeit, alle Kategorien des Wissens und der Augenblick der Intuition mit der historischen Dimension des Ortes und der Etymologie der

Wörter überkreuzen; seine Logik liegt gerade in den Koinzidenzien, den sich überschneidenden Bedeutungsfeldern, die um diesen Mittelpunkt oszillieren. Das Gedicht baut auf der paradigmatischen Achse auf, es verknüpft keine Metonymien zur Prosa, es folgt keiner äußeren Dynamik, sondern bündelt sie in einem einzigen Momentum, einem Rhythmus, einem Bild; sein Ort ist das *tertium comparationis* der Metapher. In ihr steht es nach außen still, obwohl es innen vibriert, mit poetischen Energien aufgeladen. Ein Gedicht bewahrt so den Augenblick der Inspiration, wie er durch ihn gleichzeitig die Dimension der Zeit in seinem sich an ihn Erinnern begreift; es geht von ihm aus und kommt gleichzeitig immer wieder auf ihn zurück. Dabei läßt sich ein Gedicht nie weiterschreiben oder fortsetzen, wie dies in der Prosa möglich ist; jeder Nachtrag zu ihm bleibt eine Glosse. In seiner geschlossenen Form ist es das Paradox an sich – es weist nur über sich hinaus, indem es auf sich selbst verweist.

Für die alten Dichter war es Ereignis, Ergebnis und Instrument zugleich; es war die Verkörperung eines lebendigen Wissens, eine *summa summarum*, die von Generation zu Generation neu gezogen werden mußte. In seiner ersten Form als Orakel oder Zauberspruch ist es dabei zeitlos; es bleibt sein eigener Augenblick, in den Vergangenheit und Zukunft eingehen. In ihm manifestiert sich die Janusgestalt des Augenblicks zwischen Vergangenheit und Zukunft, in der Polarität von Vergessen und Erinnern: im Vergessen, das auf die Zukunft verweist und dabei doch schon Gegenwart ist; im Erinnern, das die Vergangenheit in die Gegenwart holt – und als Präsens bereits die Dimension der Zukunft in sich hat.

Als Ereignis der Musen spiegelt das Gedicht die Selbstvergessenheit im Augenblick der Inspiration und gleichzeitig die

Intuition – das Erinnern in seinem magischen Aspekt, als Prophezeiung in der präsentischen Form des Vorher-Sagens. So anachronistisch Emil Staigers Theorie des Lyrischen sonst auch sein mag, zumindest in diesem Aspekt trifft sie den Kern unseres Themas:

Der lyrische Dichter vergegenwärtigt das Vergangene sowenig wie das, was jetzt geschieht. Beides ist ihm vielmehr gleich nah und näher als alle Gegenwart. Er geht darin auf, d.h. er »erinnert«. Erinnerung soll der Name sein für das Fehlen des Abstandes zwischen Subjekt und Objekt, für das lyrische Ineinander. Gegenwärtiges, Vergangenes, ja sogar Künftiges kann in lyrischer Dichtung erinnert werden.

In diesem »Künftigen« steckt auch bereits, was Aussage der Poesie ist – im Gegensatz zum Mythos, dem diese Dimension fehlt: nämlich Aus-Kunft über die Zu-Kunft zu geben. Die Dichtung ist das, von den Göttern des Orakels dem Dichter in den Mund gelegte Wort; wie es das Trophonios-Orakel zeigt, erinnert man sich im nachhinein an das Orakel und bringt es erst dann zur Sprache.
Ephialtes und Otos sind eine Allegorie dieses Gedankens, Rücken an Rücken an die endlose Gegenwart des Hades gefesselt. Erinnerung und Vergessen komplementieren sich so, wie man in den Bergen von Livadia die Quellen der Mnemosyne und der Lethe nebeneinander zeigte.

Die Mystik

Im umgangssprachlichen Gebrauch wird Mythos oft mit dem Mystischen und Mysteriösen gleichgesetzt; die Überschneidung der Begriffe ist offensichtlich. Was sie voneinander unterscheidet, ist ihre Etymologie, die das Mystische mit dem *augenschließenden Innewerden* erklärt. Das Trophonios-Orakel verdeutlicht dies; der Schacht in die Erde, in den man mit den Füßen voran hinabsteigt, um mit den chthonischen Kräften des Wassers und der Erde in Berührung zu treten, ist jener Ort des Innewerdens, in dem man im Dunkel den Gott hört oder sieht. Symbol dieses Innewerdens ist die den Aoidoi seit Homer zugeschriebene Blindheit: Ephialtes wird wie Thamyris von Apollo geblendet, um diesen Akt der Offenbarung zu versinnbildlichen.

Die Transformation des Mythos in das Mystische geht einher mit der Verwandlung der Musen zu den Göttinnen der Dichtung und der Akzentverschiebung der Erinnerung als Prophezeiung bis hin zur Charakteristik der Poesie. Die Lyrik löst sich so langsam vom Mythos ab und beginnt sich als eigenständige Gattung zu etablieren. Das homerische Epos oder die Werke Hesiods stellen noch Mischformen dar; entscheidend für die Definition der Poesie wird in der Retrospektive die Betonung des Subjektiven. Mit ihm gewinnt die Rolle des Dichters Kontur. Zugleich mit dieser Loslösung vom Mythos stellt sich jedoch zunehmend die Frage ihrer Rechtfertigung; damit setzt historisch gesehen auch der Verfall dieser Gattung ein, die heute nur mehr eine Randerscheinung ist.

Mnemosyne

Gaia schlief mit Kronos und sie kam in Pierien mit einer Tochter nieder, der Mnemosyne, die über die Hügel der Eleuther herrschte. Und Zeus nahm die Mnemosyne zur Frau. Am Hochzeitstag fragte er die Götter, was ihnen noch für diese Welt fehle, und sie antworteten: jene, die uns rühmen. Und so schlief Mnemosyne mit Zeus, und sie verbrachten neun Nächte auf einem Lager fern von den anderen Göttern. Als nun ein Jahr vergangen war und die Jahreszeiten sich gewendet und vollendet hatten, gebar sie ihm neun Töchter, die Musen, die alle nur an eines dachten, den Gesang, nichts anderes. So erzählten es Hesiod und später Pindar.

Das Gedächtnis

Mnemosyne verkörpert den Aspekt der Erinnerung in ihrer verinnerlichten Form: das Gedächtnis. Sie ist die *rettende Kraft*: Wissen, Worte, Gesetze und alles, was jemals an Taten vollbracht wurde, rettet die Erinnerung für die Menschen, wie es in einem orphischen Fragment heißt. Ein ganzer orphischer Hymnus wird ihr unter diesem Gesichtspunkt gewidmet: sie steht außerhalb der verderblichen Lethe, sie hält den *nus* in den Seelen der Sterblichen zusammen, sie vergrößert die Intelligenz und weckt den Verstand. Und bei Pindar verfügt sie wie Zeus über Allwissenheit.

Ihr Mythos umreißt die existentielle Situation des Menschen in der Antike: das Leben erscheint erst dann als bedeutend und sinnvoll, wenn es in die kollektive Erinnerung eingeht. Aus diesem Grund weist Odysseus die Unsterblichkeit zurück, die ihm Kalypso anbietet; ein sterbliches Schicksal, das erinnert wird, zieht er ruhmloser Unsterblichkeit fern von den Menschen vor. Transzendenz liegt für ihn nur in der Überlieferung. Sappho drückt dies so aus: *Mich haben die goldenen Musen wahrhaft glücklich gemacht, denn ich werde, wenn ich gestorben bin, nicht dem Vergessen anheimfallen.*

Ohne die Musen, die die eingerichtete Weltordnung und die Götter besingen und mit Worten und *musike* ausschmücken, bleibt auch der Mythos gesichtslos und seines Sinnes beraubt, eine leere dramaturgische Anweisung ohne Schauspieler, ein

Theaterstück ohne Publikum. Seine *raison d'être* und seine Transzendenz liegen ja gerade darin, daß er erzählt wird; erst sein Gesang kann das griechische Weltbild vollenden und stimmig machen. Die äußere Erinnerung, das Gedächtnis, komplettiert so die innere Erinnerung, wie sie sich im Mysterium offenbart.

Die Mnemotechnik

In allen oralen Kulturen ist das Wissen nicht etwas Fixiertes, gibt es für dieses keine endgültige Form, im Gegenteil: der Wert des Wissens wird dadurch bestimmt, wer es verkörpert und wie dies geschieht. Nur sein Träger kann dem Wissen Relevanz verleihen, indem er es für jede Generation neu auf den Punkt bringt.

Diese Kulturträger gehörten einer Kaste an, die Gelehrte, Zauberer, Sänger, Priester, Heiler und Geschichtskundige umfaßte, wie wir es von den Schamanen oder Druiden kennen. Cäsars Beschreibung der keltischen Druiden bietet dafür ein anschauliches Beispiel:

Es heißt, daß sie während ihrer Ausbildung sehr viele Verse auswendig lernen, so viele, daß manche 20 Jahre mit ihrem Studium zubringen. Sie halten es nicht für richtig, ihre Lehren der Schrift anzuvertrauen, obwohl sie für fast alle anderen Zwecke das griechische Alphabet gebrauchen. Ich nehme an, daß diese Praxis aus zwei Gründen entstand: sie wollten ihre Doktrinen nicht dem gemeinen Volk zugänglich machen, und sie wollten auch nicht, daß sich ihre Schüler auf das geschriebene Wort verlassen und so die Schulung ihres Gedächtnisses vernachlässigen.

(De Bello Gallico, VI 14)

Der Inhalt dieses Wissens und seine Form wurden in der mündlichen Überlieferung durch ausgewählte Mnemotechniken bestimmt; das Wissen mußte memoriert werden, und um dies zu gewährleisten, wurde nicht nur das Gedächtnis geschult, sondern auch die Sprache strukturiert. Metrum und Rhythmik, später dann Alliteration, Assonanz und Reim – diese musikalischen Ausdrucksformen der Poesie waren in ihrer Harmonie nicht nur Ausdruck göttlicher Eingebung, sondern dienten auch als Gedächtnisstützen, die es ermöglichten, ganze homerische Epen zu rezitieren. Die antiken Dichter nannten dabei ihre Äußerungen selbst *das Erinnern des Gesangs*, wie die stereotype Schlußformel und zugleich der Anfang vieler homerischer Hymnen lauteten.

Sprache und Stil oraler Dichtung war von einer Vorliebe für Synonyme, Similes und Metaphern geprägt; sie bevorzugte Epitheta statt der direkten Beschreibung. Verbunden damit ist ein Stil, der auf poetische Formeln zurückgreift, als Füllelemente ebenso wie als Vorlagen für auszuführende Beschreibungen. Die ausgeprägte Kunst der Anspielung und die obskuren Anspielungen selbst verraten, wie spezialisiert die poetische Tradition bereits ist.

Alle Bereiche des Wissens, von Gesetzbüchern, Genealogien von Göttern und Königen, lokalen Mythen bis zu philosophischen Abhandlungen wurden anfangs in poetischer Form überliefert – die irischen *dindsenchas* und Gesetzbücher ebenso wie Parmenides' Lehrgedicht. Dies gilt nicht nur für den europäischen Raum, sondern auch für die präislamischen Kulturen oder die Geschichtenerzähler, die es heute noch in Ruanda, Montenegro oder der Bretagne gibt.

Das preisende und rühmende Gedicht an Götter oder Könige stand dabei überall im Mittelpunkt der Überlieferung; es förderte den sozialen Zusammenhalt und die kollektive Identität, es erfüllte die Funktion der Propaganda ebenso wie die Notwendigkeit des Berichts und der historischen Aufzeichnung. Der hohe soziale Status dieser Kaste geht damit einher; ihr Niedergang setzt mit dem Gebrauch der Schrift ein.

Die ungebundene Sprache dagegen, die Prosa, zerfällt bei der mündlichen Weitergabe und war daher zur Überlieferung ungeeignet. Die an den Mythos gebundene griechische Tradition bis zum 9. Jahrhundert konnte deshalb nur als Dichtung existieren. Mit der Einführung der Schrift ab Mitte des 8. Jahrhunderts und dem gesellschaftlichen Wandel der Zeit wurde das Epos langsam an den Rand gedrängt und machte mehr und mehr der Lyrik Platz.

Während des 7. und 6. Jahrhunderts stand sie dann im Zentrum und wurde zum Medium der öffentlichen Äußerung von Meinungen, Urteilen und Gefühlen. Ab 600 v. Chr. jedoch verlor auch sie an kultureller Relevanz, bedingt durch das Aufkommen der Prosa einerseits und dem Drama andererseits, das beide Vorgängerformen – Epos wie Lyrik – in sich aufnahm.

Die Triade der Musen

Die vielleicht älteste Musendarstellung, von der wir wissen, die von den Bildhauern Kanachos, Hageladas und Aristokles gefertigten Statuen für den Kult in Sikyon, stellt die Musen als Dreiergruppe dar, die eine mit der Schildkrötenleier, die zweite mit dem Barbiton, die dritte mit der Doppelflöte. Pausanias nennt ihre Namen als Mneme, Melete und Aoide; Antipatros von Sidon im 2. Jahrhundert schrieb ihnen folgendes Epigramm:

Wir drei Musen stehen hier, während eine die Flöte,
jene die Leier, jedoch diese die Großharfe trägt.
Die mit der Rohrflöte formte Kanachos, die mit der Leier
Ageladas, zum Schluß die mit der Großharfe hier
der Künstler Aristokles. Eine bewirkt die Töne, die zweite
schuf die Klangfarbe und letztere die Harmonie.
(Gr. Anth. XVI 220)

Melete, der *Eifer*, verkörpert die Meditation, das Üben als Technik der oralen Dichtung. Sie bleibt nur ein Attribut, eine Muse, die die magische Dreizahl vervollständigt. Damit wird jedoch der Akzent auf die poetische Arbeit des Erinnerns gelegt und setzt diese damit erstmals deutlich vom Orakel ab.

Zur Zeit des Pausanias bedeutete Melete auch die Übungsrede, die ein angehender Redner auf der letzten Stufe des rhetorischen Unterrichts anzufertigen und zu improvisieren lernte; thematisch unterschied man dabei zwischen zwei Gruppen: derjenigen, welche den Mythos zum Ausgangspunkt ihrer Ausführungen machte, und jener, die von juridischen Problemstellungen ausging. Zu den Aufgaben antiker Dichter und Sänger gehörte es, Vorformuliertes in einem vorgegebenen Rahmen zu aktualisieren; was die von Homer genannten Sänger Demodokos und Phemios vortrugen, war nicht ein für allemal festgelegte Dichtung, sondern ein mündlich improvisierter Vortrag.

Mit der dritten Muse Aoide, *dem Singen*, ist der Verweis auf die Poesie komplett. Der archaische Sänger bezieht seinen Namen von ihr; er ist der *Aoidos*, der sich der Phorminx hauptsächlich zur rhythmischen Unterstützung bedient – Hauptsache war nicht die Melodie, sondern das Wort, das *epos*.

Beide verweisen auf den Totalitätsanspruch musischer Äußerung, der sich in der besonderen Rhythmusstruktur der griechischen Sprache begründet. Die Prosodie beruht auf langen und kurzen Silben und unterschiedlich gesungenen Tonhöhen – eine dynamische, vielschichtige Rhythmik, die auf der Sprachebene festgelegt ist und nicht mit unserer Diktion von betonten und unbetonten Silben wiedergegeben werden kann. Unabhängig vom sprechenden Subjekt behauptet so die altgriechische Sprache eine objektive Eigengesetzlichkeit – die nach antiker Vorstellung das göttliche Prinzip des Sprechens repräsentiert.

Der zwingende Rhythmus der Sprache drängt zu seiner Realisierung in der Musik und im Tanz:

Seine Wurzeln reichen bis in den Tanz, bis in das Körpergefühl, jene menschliche Schicht des Vorgeistigen und bloß Triebhaften hinab. Er ergreift also den Menschen, von der urtümlichsten Schicht des Körperhaft-Bewegungsmäßigen bis zur höchsten, der des Logos, der Sprache. So ist im Altertum das unmittelbar auf die Welt der Sinne bezogene rhythmisch-musikalische Vermögen nicht nur in Musik und Tanz, sondern vor allem in dem am wenigsten mit Materie behafteten Äußerungsmittel, im Wort selbst verwirklicht.

Das Ereignis der Musen nannte man zu Platos Zeit *musike*, oder genauer *musike techne*, die Kunst der Musen – in dem Sinn, wie *techne* jede Art von Können, Geschicklichkeit und Kunstfertigkeit bezeichnet, die mit dem Wissen fast identisch und der *physis*, der Natur, gegenübergestellt ist. Alles rational erfaßbare und demgemäß erlernbare Handeln wurde *techne* genannt und mit einem Adjektiv auf *-ike* näher bestimmt: *rhetor-ike, polit-ike, log-ike.* Darin deutet sich erneut die Loslösung der Poesie vom Orakel an, zugleich aber bereits die Vor-

stellung der Mimesis – wonach die Struktur der Kunst jene der Natur zu imitieren habe.
Die Triade der Musen läßt sich in diesem Kontext auf eine poetologische Perspektive reduzieren: Mneme, Melete und Aoide stehen für die sich herauskristallisierende Trennung zwischen Dichter, Vortrag und Gedicht.

Die vierte Muse

Von Aratos ist mehrfach bezeugt, daß er vier Musen annahm, die Töchter des Aither, des *leuchtend klaren Himmels* und der Nymphe Plousia. Ihre Namen waren Melete, Aoide, Thelxinoe, die *Sinnberückende,* und Arche, der *Anfang und Ursprung.* Aber in der Bedeutung Aratos' ist Arche bereits nicht mehr eine chthonische Göttin, sondern das Vorspiel, das dem Sänger Tonart, Höhe der Tonlage, Rhythmus und Takt für seinen Einsatz gibt; Arche hieß einer der vier *nomoi,* der Kompositionsteile bei Terpandros – der ersten wirklich faßbaren griechischen Musikerpersönlichkeit Anfang des 7. Jahrhunderts v. Chr.
In diesen Zusammenhang mag passen, daß man ein mit vier Saiten bezogenes und mit beweglichen Stegen versehenes viereckiges Instrument »Helikon« nannte, das indessen wie das Monochord nicht der praktischen Musikübung diente, sondern nur zur Bestimmung der einzelnen Töne und Intervalle verwendet wurde.

Vom Aoidos zum Lyriker

Der Aoidos, der antike Sänger, der mehr Priester und Magier als Dichter ist, verkündet das vom Gott Offenbarte. Der gesungene Vortrag bildet dabei eine Einheit, die später nur noch die Chorlyrik bewahrte. Sein einziges Instrument war die Stimme – Pausanias beharrt darauf, *daß Hesiod nicht mit der*

Kithara auf den Knien gesungen habe, sondern zum Lorbeerzweig. (IX 30.3)

Noch im 6. Jahrhundert n. Chr. stellte Christodoros von Koptos bei Theben in seiner Beschreibung der Statuen eines Gymnasion die ersten Dichter und Seher unter diesem Begriff dar:

Neben Euripides zog der Seher Palaiphatos auf sich die Blicke,
lorbeerbekränzt das Haupt; er verkündete eben die Zukunft.
Schüler der Musen vom Berg, sang Hesiod, der aus Askra,
suchte poetischen Schwunges, dem Erz zum Trotz, die Lieder,
die er den Göttinnen dankte, zu singen. Ein weiterer Seher
weilte in seiner Nähe, gleichfalls geschmückt mit Apollos
Lorbeer, Polyidos, wollte prophetische Gesänge aus seinem
Munde erschallen lassen; doch legte die Stummheit
seiner Statue Fesseln des Schweigens ihm an.
(Gr. Anth. II 32-40)

Das Musikinstrument des Kitharoden, der den Aoidos zur Zeit Homers bereits abzulösen beginnt, ist Zeichen einer Profanierung. Das Ereignis der Musen wird öffentlich dargeboten und mit der musikalischen Begleitung der Aspekt des Inspirativen artifiziell nachgeahmt:

Wahrlich, es ist sehr schön, einem Sänger wie diesem zuzuhören,
klingt doch seine Stimme, als sänge ein Gott. Ich meine, es gibt
kein Ziel, das verlockender wäre als dieses: daß jeden im Volk
solch ausgelassene Stimmung ergreift. Da sitzen sie beim Gelage,
einer neben dem anderen im Haus, und hören dem Sänger zu.
Und wenn sich der Tisch vor ihnen mit Fleisch und Brot biegt,
im Mischkrug der Trank funkelt und der Mundschenk kommt,

um aus ihm zu schöpfen und die Becher nie leer werden zu lassen, dann ist das Schönste erreicht, zumindest scheint es so.

(Odyssee, IX 3-11)

Männerkopf

Das Bild, das Homer von den Sängern zeichnet, ist zwischen dem des Hofsängers und des Volkssängers einzureihen. Ihre Gesänge tragen sie bei der Mahlzeit vor, indem sie sich selbst mit einem kleinen, dünnklingenden Saiteninstrument, der *kithara* oder *phorminx* begleiten und dabei ein instrumentales Vorspiel oder Zwischenspiel anfügen. Bei Bestattungen wiederum hatten sie die Klage anzustimmen. Der Hofsänger scheint dabei älter als der Volkssänger gewesen zu sein – die Anfänge des vom Kult losgelösten Heldengesanges waren aristokratisch, und der Sänger hatte neben seiner Funktion als Chronist und Vermittler die Aufgabe, seinen Brotherrn zu verherrlichen. So schildert ihn Hesiod bereits in einem feudalen Abhängigkeitsverhältnis: *Von den Musen und Apollo stammen die Aoidoi und die Kitharoden, vom Zeus die Könige.* (95)

Die Gabe der Musen wird in diesem Zusammenhang mit der *peitho*, der Überredungskunst, gleichgesetzt, jener honigsüßen Rede, die unter dem Deckmantel der Musen bereits alle Kunstgriffe politischer Rhetorik beherrscht:

Die vornehmste Muse, Kalliope, steht den ehrwürdigen Königen
zur Seite. Wen die Töchter des Zeus schätzen und wen
von den gottgenährten Königen sie bei seiner Geburt ansehen,
dem tröpfeln sie auf seine Zunge den süßen Tau und
von dessen Mund fließen edle Worte. Der Blick aller Untertanen
ist auf ihn gerichtet, wenn er sein Urteil fällt,
mit einem gerechten Spruch. Und ohne daß seine Stimme
zittert, schlichtet er so selbst die größten Streitigkeiten.
Deswegen nämlich nennt man die Könige klug,
denn wenn die Leute in der Versammlung schlechtem Rat
folgen, macht er allen Schaden leicht wieder gut,
mit Worten, die sanft und überredend sind.

(80-90)

Die Hofsänger und fürstlichen Dilettanten schließen eine handwerksmäßige Organisation der Sängerkaste nicht aus. Die Inskriptionen der Sieger bei den Mousaia am Helikon belegen, daß die Sänger in Gesellschaften organisiert waren, denen ein eigener Priester – wie bei den Druiden – vorstand. Hier wurde in der Abfolge von Lehrern und Schülern der formelhafte Stil der Dichtung herausgebildet. Die Volkssänger gehörten dieser Zunft zwar an, wurden aber sozial geringer eingestuft. Wie bei anderen primitiven Völkern waren sie vielfach arme, alte oder blinde und zu anderen Arbeiten unbrauchbare Leute:

Dicht stand das Volk um den Reigen versammelt
und freute sich; und in der Menge schlug ein
Sänger an die Saiten und sang, während zwei Gaukler
in der Mitte Räder schlugen, sobald er das Lied begann.

(Ilias, XVIII 603-606)

Die Rhapsoden waren Rezitatoren, die fremde, besonders die homerische Dichtung, die sie auswendig kannten, vortrugen; sie traten bei Festen, Leichenfeiern, aber auch bereits bei den Musenspielen auf. Mit ihnen aber trennen sich Dichtung und Komposition: am Beispiel des neuen Dithyrambos zeigt sich, daß man ihren Verfassern vorwirft, ihre musikalische Erscheinung sei zu eigenständig und gehe eigene Wege.

Gleichzeitig mit diesen Gedächtniskünstlern, Erzählern und Musikern werden die eigentlichen Dichter, in Analogie zu den Handwerkern der damaligen Zeit, nun als Poietes bezeichnet. Bei Demokrit ist dieser Begriff zuerst belegt: *Was immer aber ein Poietes im Enthusiasmus und durch heilige Inspiration schreibt, ist gewiß schön.* Aoidos und Poietes erscheinen oberflächlich gesehen austauschbar, was sich jedoch herausgebildet hat, ist die Idee der Autorenschaft, das poetische *Schaffen* und *Machen*, wie die Wurzel des Begriffes heißt.

Von dem Moment an, als der Mythos im Niedergang begriffen ist und die Musen zum Topos werden, muß auch der Sprechende ein neues Verhältnis zu seiner Äußerung bekommen. Für Plato ist Poiesis jetzt alles, *was nur für irgendetwas Ursache wird, aus dem Nichtsein in das Sein zu treten ... von der gesamten Poiesis wird ein Teil der Dichtung ausgesondert, der mit der Musike und den Metren zu tun hat, und dieser wird nun mit dem Namen des Ganzen benannt, die Poesie.*

Metrum und Musike bezeichnen nur mehr rein äußerliche Merkmale, die sich an einem Gedicht als fixiertem Gegenstand ablesen lassen; der Vortrag des Aoidos als verbindliche musische Äußerung und Reproduktion der Inspiration wandelt sich zur Produktion, dem Verfertigen vom Neuem, in dem sich mehr und mehr Eigenständiges und Subjektives manifestiert. Die Dichtung wird so erst zur poetischen Leistung, die nur noch der formelhaften Legitimierung durch die Musen bedarf. Gegen diese Loslösung aus dem göttlichen Bezugssystem und seiner Verbindlichkeit wendet sich Plato, indem er sie unmusische Gesetzwidrigkeit nennt:

Poietai wurden im Laufe der Zeit zu Urhebern der unmusischen Gesetzwidrigkeit; von Natur zwar begabt, aber des der Muse Gebührenden und vom Gesetz Vorgeschriebenen unkundig, geben sie sich im bakchischen Taumel – und mehr als sie sollten – der Lust hin, indem sie Hymnen mit Klagegesängen und Siegeslieder mit Dithyramben verbanden, im Lautenschlag das Flötenspiel nachbildeten und alles mit allem vereinigten, wider Willen aus Unverstand die Musiké verleumdend, als ob es in ihr nicht die geringste Richtigkeit gäbe.

Einher geht diese Ambiguität der Poietes mit der schriftlichen Fixierung des vorher nur Improvisierten und Gesungenen, mit der Schrift an sich:

Denn diese Erfindung wird den Seelen der Lernenden vielmehr Vergessenheit einflößen aus Vernachlässigung der inneren Erinnerung, weil sie im blinden Vertrauen auf die Schrift sich nur von außen vermittels fremder Zeichen, nicht aber von innen heraus sich selbst von sich aus erinnern werden. Nicht also für die innere Erinnerung, sondern nur für die äußerliche Erinnerung hast du ein Heilmittel gefunden.

Die Schrift ist es also letztlich, die den Mythos zerstört. Als Gewißheit, daß der Kosmos der kohärente, lückenlose und fortwährende Grund und Hintergrund dessen ist, was in der Mythologie sein menschliches Gesicht zeigt, kann er sich nur in der andauernden Aktualisierung und Variierung behaupten; einmal fixiert, wird er zur Paraphrase, die ohne die Verkörperung eines Vortragenden sich einer Mehrdeutigkeit öffnet, die keinen Interpreten mehr findet – nur mehr Scholiasten.

Muse mit Schriftrolle

Der Begriff des Lyrikoi und der Lyrik bildete sich schließlich bei den alexandrinischen Literaturwissenschaftlern und Aristophanes von Byzanz heraus, der im 3. Jahrhundert v. Chr. eine Reihe frühgriechischer Dichter wie Alkman, Alkaios, Anakreon und Pindar unter dieser neuen Bezeichnung veröffentlichte. Zuvor unterschied man nur nach inhaltlichen und rhythmischen Kriterien zwischen Elegien-, Jamben- und Lieder-Machern. Der Begriff der zur Lyra gehörigen Dichter setzte sich bis ins 1. Jahrhundert so durch, daß die alten Kategorien von ihm vereinnahmt wurden.

Die Namen der Musen

Die uns vertraute Vorstellung, daß zu einem bestimmten Musenname eine bestimmte Fähigkeit und ein bestimmtes Attribut gehören, hat sich erst im Laufe der antiken Geistesgeschichte entwickelt. In der *Odyssee* wird ihre Neunzahl erwähnt, ihre Namen nennt aber erst die *Theogonie* – und nach Varron soll Hesiod sie als erster so genannt haben: Kalliope (*Schöne Stim-*

me), Kleio (die *Rühmende*), Euterpe (die *Freudenspendende*), Thalia (die *Blühende*), Melpomene (die *Singende*), Terpsichore (die *Sich am Chore Erfreuende*), Erato (die *Liebliche*), Polymnia (die *Hymnenreiche*) und Urania (die *Himmlische*). Was man aus ihren Namen an neuem herauslesen kann, sind die sich herausbildenden Gattungen und Unterteilungen der Poesie: neben dem Lied, der Musik, dem Tanz, als speziellere Gattungen auch der Hymnos und der Chorgesang.
Um 500 v. Chr. aber war ihre Individualisierung bereits so weit in die anderen Wissenschaften eingedrungen, daß man den Philosophen Pythagoras zu den Musenjüngern zählen konnte:

Seliger Diener Pythagoras, Sproß helikonischer Musen,
gib mir doch bitte die Auskunft: Wie viele Schüler in deinem
Hause erstreben wetteifernd den Kampfpreis im geistigen Ringen?
Gerne erteile ich Antwort, Polykrates: Eifrig studiert die
Hälfte die edle Mathematik. Der ewigen Physis
widmet sich fleißig ein Viertel. Ein Siebtel befleißigt sich strengen
Schweigens, behütet im Herzen niemals zerstörbare Werte.
Weiter gehören drei Frauen dazu, als Beste Theano.
So viele junge pierische Mädchen erziehe ich heute.
(Gr. Anth. XIV 1, Sokrates)

Der Hymnos

Der Hymnos bezeichnet alle Arten sakraler Dichtung – Paiane, Dithyramben, Prosodia, Partheneia, Hyporchemata als seine Sonderformen. Die Herkunft des Wortes ist ungewiß; die Antike leitete es von *singen* oder *weben* ab – dem Ursprung des Wortes *Text* also; als Verb bedeutet es allgemein *besingen, preisen.* Pausanias nennt als älteste Dichter der Hymnen Olen, Pamphos, Orpheus und Musaios, über die wir nichts wissen.

Die ersten überlieferten Hymnen sind damit die sogenannten *homerischen Hymnen*, die bis ins 7. Jahrhundert reichen: kurze Epen. In ihnen werden einzelne Götter angerufen und von ihrer Herkunft und Taten erzählt. Inwieweit diese kleinen Epen im kultischen Gebrauch waren, ist nicht sicher zu bestimmen.

Musen, mit euch beginne ich, mit dir, Apollo, mit dir Zeus!
Denn von den Musen, von dir Apollo, dem Schützen ins Weite,
stammen die Sänger auf Erden und die Meister der Lyra.
Könige aber stammen von Zeus. Glücklich ist der, den die Musen
lieben, ihm fließen die Laute schön und leicht von den Lippen.
Heil euch, Kinder des Zeus! So ehrt auch meine Gesänge!
Ich aber werde eurer und anderen Sanges gedenken.

(Homerischer Hymnos auf die Musen)

Die Hymnen der orphischen Dichtung des 6. und 5. Jahrhunderts sind hexametrische Gedichte in einer Länge von 6 bis 30 Versen, in denen ebenso viele Götter oder die ihnen zugeordneten Mächte angerufen werden, eine Anhäufung rühmender Epitheta, hin und wieder durchsetzt von Relativsätzen, die meist mit einem Anruf und Gebet um gute Gaben enden; vor jedem Hymnos steht die Angabe, wie den Göttern mit Rauch zu opfern ist. Rein literarisch – und damit der Ursprung des Gedichts, wie wir es heute kennen – sind erst die hexametrischen Hymnen des 4. Jahrhunderts: die philosophischen Zeushymnen des Kleanthes, die 6 Hymnen des Kallimachos, oder die bei Theokrit eingelegte Hymne auf Adonis und Aphrodite in den Adoniazusen.

Dem eigentlichen Kultgebrauch haben sicherlich vielmehr die für den Chorgesang bestimmten Hymnen gedient. Aber kein einziges Werk dieser Art ist vollständig, und auch die erhalte-

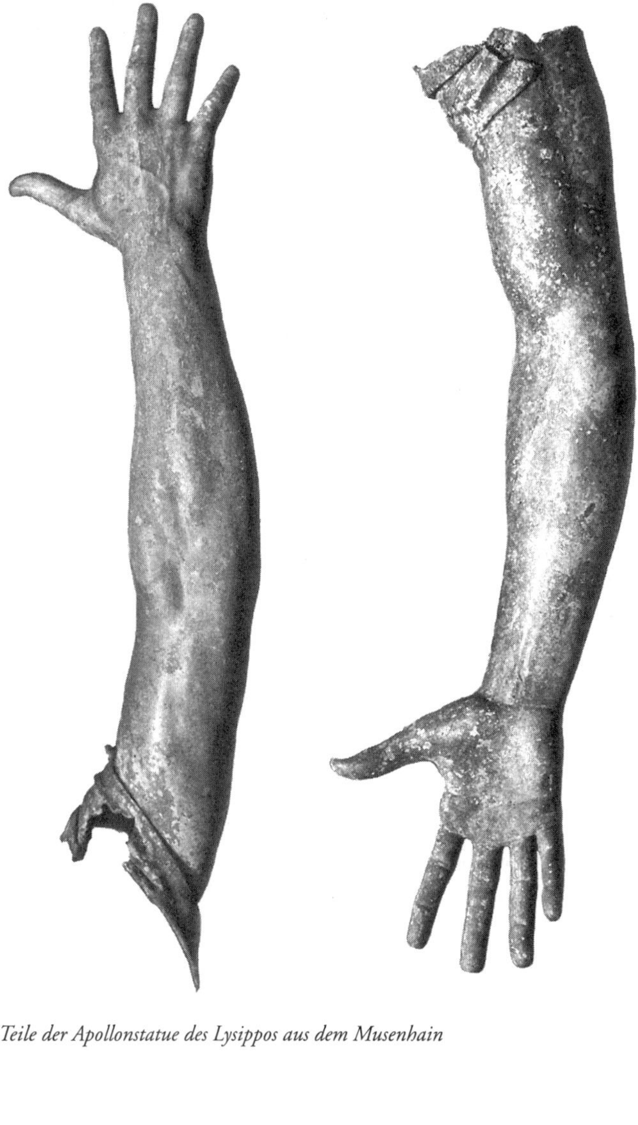

Teile der Apollonstatue des Lysippos aus dem Musenhain

nen Bruchstücke stammen mehr von Sonderformen als von eigentlichen Hymnen. Alkaios, Alkman, Pindar und Bakchylides schrieben Hymnen. Den besten Begriff vom Stil der lyrischen Hymnen geben die umfangreichen sakralen Partien in den Chorliedern in den 42 Tragödien und den Komödien Aristophanes. Sie sind dem Ursprung der Tragödie und der Komödie aus der Chorlyrik gemäß der sakralen Hymnendichtung nachgebildet. Bezeichnend für diese Hymnen ist aber, daß auch sie sich kaum vom Mythos gelöst haben.

Die Chorlyrik

Bestimmend jedoch blieb lange noch die Chorlyrik, die Hand in Hand mit der Musik ging; im 7. Jahrhundert werden so erstmals Alkman und Archilochos faßbar – Archilochos, der den zum Dionysoskult gehörenden Dithyrambos zur literarischen Form machte. Die Musen binden ja die individuelle Stimme an die Gruppe, indem sie Gesang, Tanz und Chor betonen. Auch die aufkommende Schreibkunst – wo Klio mit dem Diptychon anstelle der Mnemosyne tritt – stellt das Gemeinschaftliche der Dichtung in den Vordergrund: die Schriftrolle mit Text und Noten wird gerne der Kalliope gegeben und bald der Singenden, bald der Begleitenden vorgehalten.
Erst im 6. Jahrhundert bildet sich allmählich der Einzelsprecher als Verselbständigung des Chorführers heraus, und erst gegen Ende des 5. Jahrhunderts fand der Paian im anonymen Paian auf Lysandros Anwendung.
Das lyrische Ich der Dichtung wie bei Sappho, Alkaios und Anakreon im 7./6. Jahrhundert v. Chr. bleibt eine Ausnahmeerscheinung, die auf den Kanon selbst zuerst kaum Einfluß hat. Erst mit den augusteischen Dichtern tritt das rein Subjektive mit Catull, Ovid und Properz als gattungsbestimmend auf.

Die Musen und die Gattungen

Ab dem 4. Jahrhundert v. Chr. läßt sich bei Plato die Individualisierung der Musen ablesen, ohne daß jedoch feste Vorstellungen erkennbar werden. Die neuaufkommenden Künste werden den Musen weiterhin unterstellt (Lautenspiel, bukolische Dichtung, Astronomie), Drama und Tanz besonders hervorgehoben und auf Grund der Etymologie bestimmte Namen mit bestimmten Fähigkeiten verbunden (Terpsichore, Kalliope, Urania, Erato) – aber die Veränderungen bleiben unsystematisch. Bei den Dichtern der augusteischen Epoche etwa wird Erato zur Muse der Liebeslyrik, Thalia steht für heitere Verse und das Hirtengedicht, Melpomene für den Trauergesang, Klio für das Epos.

Bei Hesychios ist Kleio durch ihre Funktion von besonderer Bedeutung; aber auch Euterpe drückt das *terpein* des göttlichen Liedes aus – sie sind alle Spenderinnen der Freuden, indem sie rühmen. Thalia und Melpomene rücken wieder näher zusammen und bringen die beglückende Wirkung des Liedes zum Ausdruck. Terpsichore ist schon sprachlich mit Euterpe verbunden, die Nähe des Himeros führt auf Erato, und in Polyhymnia zeigt sich die Quantität (poly-) im Sinne archaischen Denkens als Qualität des göttlichen Gesanges. Urania zielt auf das *genos deon* und zeigt zugleich mit ihrem Namen den Raum an, wo das Rühmen seinen Ort findet; Kalliopes schöne Stimme schließt die Göttinnen zusammen.

Im allgemeinen aber blieben die Attribute der Musen weitgehend unspezifisch und variabel, wie auch aus den Distichen des Honestus hervorgeht; alle Versuche einer systematischen Differenzierung der Musen in bestimmte Funktionen werden erst bei den römischen Dichtern sichtbar und das mit dem 1. Jahrhundert unserer Zeitrechnung.

Kalliope *hat das heroische Epos erfunden,*
Kleio *den lieblichen Klang der Harfe zum Tanzen und Singen,*
Euterpe *drittens die dröhnende Stimme des tragischen Chors.*
Melpomene *spendet herrliches Leierspiel den Menschen,*
Terpsichore *kunstreiches Flöten voller Schönheit und Anmut.*
Erato *erfand uns heitere Hymnen zu Ehren der Götter,*
Polyhymnia *verlieh sämtlichen Liedern Einklang und Wohllaut.*
Urania *schuf uns den himmlischen Reigen der Sterne,*
Thalia *aber die Komik und Darstellung von Charakteren.*
(Gr. Anth. IX 504, unbekannter Dichter)

Die Statuen der Musen am Helikon

Pausanias berichtet in seinem Kapitel über das Musental von zwei prominenten Statuengruppen der Musen, einer, die von der Hand des Kephisodotos stammt, und einer anderen, die von den Bildhauern Strongylion, Olmpiosthenes und Kephisodotos geschaffen wurde. Bei den Ausgrabungen 1888/89 stieß man dort auf neun Sockel samt Inschriften, die wahrscheinlich eine dieser beiden Reihen von Skulpturen trugen.
Über alle neun Sockel erstreckt sich in großen Buchstaben eine Weihinschrift für die thespischen Musen am Helikon: *thespiees musis elikoniadessi – DIE THESPIER DEN MUSEN DES HELIKON:* Darunter steht je ein Epigramm für die einzelnen Musen, der Reihe nach von Polymnia, Thalia, Terpsichore, Melpomene, Kalliope, Erato, Kleio, Urania bis Euterpe. Die Distichen der Gedichte stammen von jenem Honestus, den wir auch aus der *Griechischen Anthologie* kennen. Er lebte zur Zeit des Augustus; geboren war er in der römischen Kolonie Korinth, hielt sich dann aber, wie aus seinen Gedichten zu schließen ist, in Böotien auf.

Polymnia ist einer Tradition nach die Muse der Hymnen an die Götter und Helden. Eine zweite Zuschreibung ist durch eine Inskription belegt, die man am Sockel einer weiteren der Polymnia geweihten Statue bei den Ausgrabungen fand:

Es ziemt sich, daß ich Polymnia, Tochter der Mnemosyne,
aller Dinge kundig bin,
denn jede Wissenschaft ist Sache der Erinnerung.

Hier wird sie als Muse der Erinnerung (*poly, mneia*) und der Geschichte genannt und mit ihrer Mutter Mnemosyne gleichgestellt. In den letzten Jahrhunderten des Römischen Reiches deutete man sie in diesem Zusammenhang zur Muse der mimischen Künste um; abgebildet wurde sie in einer Haltung der Meditation, das Kinn auf die Hand gestützt, ein Finger über die Lippen gelegt. Cassiodor erklärt dies folgendermaßen: *Diese Finger, die sprechen, diese beredte Stille, dieses Erzählen der Gesten – nimmt man an – geht auf die Muse Polymnia zurück: sie wollte den Menschen zeigen, daß sie sich auch ohne Worte auszudrücken vermögen.*
Bei dem Epigramm des Honestus jedoch ist keine dieser beiden Traditionen zu erkennen; er stellt sie nur als eine Tochter des Zeus dar:

Polymnia

Ich, Polymnia, Tochter des Zeus, schicke ihm diesen Rauch
des Nektars und statte dem Vater heiligen Dank ab.

Thalia verweist zurück auf die Entstehung der Musen aus dem Fruchtbarkeitskult und ihre Verknüpfung mit den Chariten.

Sie hat ursprünglich die Menschen das Bebauen des Landes gelehrt; sie bringt alles zum Blühen, *thallei.* Als diese agrarische Muse weist sie auch das Epigramm des Honestus aus:

Thalia

Der Thallo oblagen die schönen Dinge des weisen Friedens.
So bringe auch ich, Thalia, dem Frieden all diese Trankopfer dar.

Ihr Attribut als Muse der Komödie geht auf eine spätere Tradition zurück.
In ihren Darstellungen ist Terpsichore über die Jahrhunderte gleichgeblieben; sie hält entweder eine Flöte oder eine Kithara in der Hand und steht für die lyrische Inspiration, wie sie sich im Reigen und im Tanz äußert. Honestus verbindet sie eng mit einer Verkörperung des Dionysos – dem Bromios:

Terpsichore

Der Efeu gebührt Terpsichore, der Lotos dem Bromios.
Möge er ihr einerseits inspirierend sein, aber auch ihn ergötzen.

Melpomene hat sich erst in römischer Zeit als Muse der Tragödie etabliert. In einer weiteren Inskription, die bei den Grabungen auftauchte, wird ihr das Attribut *odina* beigestellt, das sich von *odis* ableitet, den Geburtswehen, dem Schmerz, der zum Impetus der Tragödie wurde. In griechischer Zeit aber steht sie allein für den Gesang und die musikalische Harmonie; ihr wird die Erfindung der Lyra zugeschrieben. In diesem Sinn zitiert sie auch Honestus:

Melpomene

Du siehst, wie ich in Harmonie zugleich singe und die Lyra spiele,
mich, Melpomene, in zweifachen Liedern.

Bei den Ausgrabungen stieß man auf eine Statue, die Melpomene darstellen könnte; sie ist etwa einen Meter groß und trägt in der linken Hand, die auf einen Baumstrunk gestützt ist, die Lyra.
Kalliope war bei Hesiod die vornehmste Muse, weil sie mit ihrer Beredtheit über die Menschen zu regieren verstand. Erst später wurde sie zur Göttin der Wissenschaften und der Weisheit; Honestus spielt darauf an:

Kalliope

Die Macht des Wortes
und die Gerechtigkeit der Macht verlieh Kalliope;
sie schenkte ihre Stärke einer gerechten Stadt.

Erst in später römischer Zeit verlor sie diesen Vorrang und wurde zur Muse des literarischen Schaffens im allgemeinen, die man mit Griffel und Schreibtafel darstellte.
Erato hält in den meisten Darstellungen eine Kithara wie Terpsichore, aber ihr wird mehr Leidenschaft zugeschrieben. Als Muse personifiziert sie die Schönheit, die das Thema der erotischen Poesie ist; dargestellt ist sie oft fast nackt, Eros zu ihren Füßen. In ihrer Rolle wird sie mit Aphrodite verglichen.
Die Inschrift des Honestus ist leider zu fragmentarisch, als daß man aus ihr noch etwas herauslesen könnte; dasselbe gilt für das Fragment auf dem Sockel der Klio, die zuerst nur den rüh-

menden Aspekt des Gesangs über Götter und Helden verkörperte und dadurch mit der Zeit zur Muse der Geschichtsschreibung wurde.

Erato

... wird anderes tanzen,
... auf der bunten Erde.

Klio

... Anmut, an dem sehend,
... habe ich Schönes gesehen.

Urania ist die einzige der Musen, deren Legende sich kaum veränderte. Sie hat den Vorsitz über das Studium der Sterne, der Planeten und des Himmels; so beschreibt sie auch Honestus:

Urania

Die Sterne habe ich mit weisem Sinn erforscht
und einen Namen, wie er dem Vater gebührt;
also werde ich Urania, Tochtes des Zeus, genannt.

Euterpe war in römischer Zeit die Muse des Flötenspiels; zu griechischer Zeit stand sie dem tragischen Chor vor. Beide Traditionen gehen auf denselben Ursprung zurück. Die Doppelflöte, die Euterpe hält, war das Instrument des dionysischen Kultes und nach einer weitverbreiteten Überlieferung war sie ursprünglich eine der freudenspendenden Göttinnen im Gefolge des Dionysos.

Plutarch aber gibt noch eine andere Legende an, nach der man ihr das Studium der Wahrheiten der Natur zuschreibt, weil keine andere Wissenschaft edlere oder reinere Freuden schenkt – eine philosophische Version der Orakeltradition, auf die sich auch Honestus zu berufen scheint:

Euterpe

……

Euterpe, der Schmuck der Welt ist auch dein eigener Schmuck.

III
DER PEGASOS

Im Helikon liegt links vom Wege zum Hain der Musen die Quelle Aganippe, und Aganippe soll Tochter des Permessos sein; auch dieser Permessos fließt am Helikon.
Steigt man von diesem Hain gegen zwanzig Stadien hinauf, trifft man auf den sogenannten Roßbrunnen, die Hippokrene; den soll das Pferd des Bellerophontes, der Pegasos, hervorgerufen haben, indem es mit einem Huf die Erde berührte.

(Pausanias, IX 29.5 und 31.3)

Das Pferd und die Quelle

Am Anfang war die Erde; und das Wasser. Und da waren Weiden und Quellen und Gebirge, an denen sich die Wolken stauten. Der Blitz und der Sturm waren das, was sie waren, und die Quelle eine Quelle und der Fluß ein Fluß. Man sah die Gewalt darin, und man schrieb ihnen einen Willen zu, man legte ihnen die eigenen Regungen zugrunde. Wenn der Regen ausblieb und alles verdorrte, war es der Zorn; wenn der Wind die Wolken brachte, war es etwas Gutes. Und man stellte sie sich vor als Gewalten, und man machte sich eine Idee von ihnen: die Sonne war erst eine Scheibe, dann ein Rad. Und man gab ihnen einen Namen und sprach sie an; der Wind war wie der eigene Atem und die Natur seine Onomatopoeia. Der Laut der Worte hatte etwas Magisches wie der Donner, das Rauschen des Wassers wie das Hufgetrappel und das Wiehern der Herden wilder Pferde.

Die Tiere waren ein Teil der Naturgewalt, sie waren stärker und schneller als der Mensch. Um die Natur zu verstehen, gab man der Erde die Gestalt von Tieren: die Natur war wie die Pferde, wie die Vögel, sie war wie die Schlange, die sich in einer Erdspalte verkroch.

Die Pferde waren scheu, man fand sie an ihren Tränken; hatten sie getrunken, wurden sie wieder unsichtbar. Die Quellen und das Wasser kamen aus der Tiefe der Erde; sie waren heilig, weil sie die Erde fruchtbar machten. In Zeiten der Dürre jedoch witterten die Pferde das Wasser; wenn man sie zähmte und zuritt, konnte man ihnen zu ihren Wasserstellen folgen. Man gab ihnen Namen; doch der Instinkt, mit dem sie das Wasser rochen, ließ sie zum Numen werden. Sie verkörperten eine Gewalt, die man als göttlich ansah; aus dem Wasser ließ man Geisterrosse steigen und dahin zurückkehren, an den Flüssen opferte man Pferde,

indem man sie in den Fluten versenkte. So schrieb man die Macht, die das Wasser hatte, auch den Pferden zu.
Die Pferde aber waren unberechenbar und schwer zu zähmen, sie waren wie der Wind, und so gab man auch den Windgöttern ihre Gestalt. Ihr Hufgetrappel war ein Laut wie der Donner und der Blitz so flüchtig wie sein Lauf. Und wie das Wasser alles erst fruchtbar machte, vermehrten auch sie sich; so verwendete man ihr Blut, ihren Penis oder ihren Schweif in Fruchtbarkeitsriten und trank das Wasser aus ihren Trappen. Ihr Wiehern war ein Laut, den man nachahmen konnte und der seinerseits die Natur nachahmte; im Wind trug er weit. Und die Fährten der Pferde führten immer zum Wasser, dort wo es aus der Erde kam; wenn es im Sand versiegte, scharrten sie sich die Tränke mit den Hufen wieder frei. So hatten ihr Wiehern und ihre Hufe weissagende Bedeutung.
Die Pferde zu zähmen und sie vor den Wagen und den Pflug zu spannen, hieß die Erde beherrschen. Man heiligte sie als Kornrosse, und man opferte sie der Sonne, die ein Rad an jenem Wagen war, den sie über den Himmel zogen. Als weiße Pferde waren sie göttlich, weil sie den Tag brachten, und als schwarze Pferde die Nacht, die auch der Tod war. Der Tod war wie die Quellen, wenn sie austrockneten und in den Brunnen nur mehr Erde hinterließen; der Tod war die Erde, in der man die Toten begrub.
Und man stellte sie dar in ihrer Verbindung zum Menschen, zuerst in den Kentauren, dann als Silenen mit ihrer menschlichen Gestalt, an der noch die Ohren, die Hufe und der Schweif des Pferdes waren, und schließlich als Satyre wie Pan. Sie jedoch ganz als Menschen darzustellen und zu verstehen, das blieb erst später den griechischen Göttern des Olymp überlassen.

Asema onomata

Die Erde hatte eine Gewalt, der man ausgeliefert war; dementsprechend gewalttätig galten auch die Götter und die Tiere als dämonisch. Auch die Fruchtbarkeit hatte etwas Dämonisches, sie drang aus der Erde wie das Gras und die Quellen. Unterirdisch war deshalb auch das Reich der Götter, und man brachte ihnen mit Grauen das Opfer dar. Sie waren Götter der Unterwelt, und ihrem Wesen der Fruchtbarkeit nach hatten sie Tiergestalt oder waren weiblich. Bei ihrem wirklichen Namen aber nannte man sie nicht, weil man sie fürchtete und sie nicht durch ihre Nennung aus der Unterwelt herbeirufen wollte. Ihre Namen waren Lallnamen und Decknamen, sie waren Umschreibungen: *asema onomata.*

Medusa war die *Waltende*, Erinys die *Zürnende*, gemeint aber war die schlangenhaarige Göttin der Unterwelt. Kore war nur das *Mädchen* und ihre Mutter Despoina, die *Herrin* – von ihnen sprach man nur als den *großen Göttinnen.* Selbst den Namen Persephone deutete man in die *Ertragreiche* um; ursprünglich jedoch geht sie auf das etruskische *persu* zurück, den maskierten Totendämon. Aber auch das war nur ein anderer Name für Demeter, die *Da-mater.* Poseidons ältester Name dagegen war Potoidan, *posis-da*, der Gatte der Da; er war auch Anax, der *Herr*, Neleus, der *Unerbittliche*, Euphemos, *Der, den man mit Schauder nennt*, oder Euryplos, *Herr der offenen Tore der Unterwelt.* Sein Beiname ist aber auch Ennosidas, *Jener, der die Da begattet.* Da – das ist der erste Laut, der Vokativ der Stimme, die Invokation des Gottes; sie ist die Urmutter der Erde, eine reine Silbe wie Ga(ia), die Göttin der Erde – oder Rhea in einer anderen Verkörperung.

Poseidon und Demeter

In allen indo-europäischen Kulturen steht das Pferd in Beziehung zur Unterwelt, zum Totenglauben, zur Fruchtbarkeit und zum Wasser. Tischtriya, der Gott der Wasserläufe, wurde als weißer Hengst inkarniert; er vereinigte sich mit den als Stuten gedachten Fluten des Sees, woraus der Erde der Wassersegen erwuchs. Der indische Indra ist als Wagengott mit den Pferden verbunden, und als Sonnen- und Gewittergott schafft er Flüsse und sendet sie ins Meer.

Bei den Skythen spielten Pferdeopfer als Grabbeigaben eine herausragende Rolle. Kentauren bildeten sich besonders in Thrakien heraus. Bei den Kelten war die Pferdegöttin Epona eine der meistverehrten Göttinnen. Das altirische Krönungsritual erinnert mit seinem fingierten Roßbeischlaf, seinem Pferdeopfer und Reinigungsbad an die Bräuche des indischen Asvamedha. Der irische Meeresgott Manannan hatte Pferde, die *Wogen* hießen.

Der Kult des Poseidon ist in Böotien und besonders am Helikon überall belegt; dasselbe gilt für Demeter. *Damatrios* war der Name eines Monats in Thespiai; bei den Ausgrabungen dort fand man mehrere an sie gerichtete Weihepigramme, zwei Epitaphe ihrer Priesterinnen und auch eine Statue ohne Kopf, die sie zeigt, wie sie zwei Kinder beschützt, die die aloidischen Zwillinge sein können.

Dabei wurde Demeter häufig pferdeleibig oder pferdeköpfig dargestellt, und Medusen mit Roßköpfen gab es überall in Griechenland; auch Poseidon gab man oft die Gestalt eines Pferdes. In Arkadien verehrte man den Poseidon Hippios in einem Tempel, der über einer salzigen Quelle erbaut war; Pausanias erzählt dazu die Geschichte:

Auch dies wird von den Arkadern erzählt: Als Rhea den Poseidon gebar, habe sie ihn in eine Herde gelegt, damit er hier mit den Widdern lebe, und danach sei auch die Quelle benannt, weil die Widder um sie weideten; und sie habe zu Kronos gesagt, sie habe ihm ein Pferd geboren und ihm ein Fohlen statt ihres Kindes zum Verschlingen gegeben.

(VIII 8.2)

Für den Mythos der chthonischen Götter in ihrer Verbindung mit Quellen ist dabei die Topographie Griechenlands von Bedeutung; das indo-europäische Erbe gewinnt so seine eigene Ausprägung. Das Vertrocknen der Vegetation im Sommer, das Verschwinden von Flüssen in den Schlünden des Karstgesteins, ihr plötzliches Wiederaufquellen in der Tiefe, das Steigen und Sinken des Wasserspiegels im Kopaisbecken, die Grotten und Höhlen im Kalk werden damit zu einem lokalen Anlaß für die Verehrung des Poseidon und der Göttin der Erde, ob sie nun Demeter, Gaia oder Rhea heißt.
So schreibt Pausanias über die Argonebene in Arkadien:

Denn das Regenwasser, das in sie von den Bergen herunterkommt, macht die Ebene unbebaubar, und nichts würde es verhindern, daß diese Ebene ein See wäre, wenn das Wasser nicht in einem Erdspalt verschwände. Das hier verschwindende Wasser taucht an der Dinequelle wieder auf. Die Dine befindet sich am sogenannten Genethlion in der Argolis, Süßwasser, das aus dem Meer aufsteigt. Vor alters versenkten die Argiver auch dem Poseidon aufgezäumte Pferde in die Dine.

(VIII 7.2)

Und schließlich ist auch im Musenkapitel des Pausanias die Rede vom Fluß Helikon in Pierien:

Nach einem Lauf von siebzig Stadien verschwindet das Gewässer unter der Erde. In einer Entfernung von etwa zweiundzwanzig Stadien kommt das Wasser wieder zum Vorschein, nimmt statt Helikon den Namen Baphyros an und fließt schiffbar zum Meer herab. Von diesem Fluß sagen die Einwohner von Dion, er sei ursprünglich ganz oberhalb der Erde geflossen; wie aber die Frauen, die Orpheus getötet hatten, das Blut abwaschen wollten, sei der Fluß in die Erde hinabgetaucht, damit sein Wasser nicht zur Reinigung von dem Blut eines Mordes diene.

(IX 30.8)

Das Verschwinden des Wassers wird so mit dem Eingang in die Unterwelt assoziiert, wie beim Wasserfall bei Nonakris, wo der Styx in einen Schlund fällt und in den Hades fließt. Unter diesem Aspekt wird das Wasser todbringend, es ist eisig und kalt – und allein in einem Pferdehuf kann man es aufbewahren. Der Schwur der Götter beim Wasser der Styx und seine weissagende Kraft sind aus diesem Kontext heraus zu verstehen, ebenso wie diese Vorstellung auf die Hippokrene am Helikon Bezug nimmt, dem Roßbrunnen, den der Pegasos mit seinem Huf aus dem Fels schlug. Pausanias erläutert diesen Aspekt folgendermaßen:

Dieses Wasser bringt den Tod für den Menschen und jedes andere Lebewesen. Einst soll das Wasser auch Ziegen verderblich geworden sein, die davon zuerst tranken. Später erkannte man, welche anderen wunderbaren Eigenschaften das Wasser besitzt. Glas und Kristall und murrhinische Gefäße, und was die Menschen sonst noch aus Stein herstellen, aber auch Tongefäße werden vom Styxwasser zersprengt, Gegenstände aus Horn, Knochen, Eisen und Kupfer, aber auch Blei, Zinn, Silber und Bernstein werden von diesem Wasser aufgelöst. Einzig und allein einem Pferdehuf kann das Wasser nichts anhaben; wenn man es hineinschüttet, wird es von ihm gehalten und durchdringt die Trappe nicht.

(VIII 18.4-6; gekürzt)

Poseidon als Gott des aufquellenden Wassers wiederum steht in Verbindung mit dem Erdbeben, das die Erde aufreißt und neue Quellen schafft, wie man auch das Wasser, auf dem die Erde ruht, als Grund für die Erdbeben ansah.

Doch wie jeder Mythos nur Anlaß zu neuer Mythenbildung ist, wandelt sich auch das Bild Poseidons als Pferdegott, Quellöffner und Erderschütterer im Zuge seiner langsamen Anthropomorphisierung zum Bild des Meeresgottes. Im apollinischen System der Götter tritt er als Herr der Unterwelt in den Hintergrund, obwohl ihm das Attribut des Erderschütterers bleibt – und die damit verbundenen Sturmfluten, die neue Inseln oder die Meeresstraße bei Euboia aufwarfen.

Der Fels bleibt ihm als zweites Element. Anstelle der Verbindung mit Demeter tritt nun die Beziehung zur Nereide Amphitrite, und statt der Liebschaften mit den Nymphen die mit Meeresgöttinnen wie Leukothea und Halia. Erst nach dieser Wandlung wird der Poseidonsglaube von der Literatur fixiert; in den homerischen Epen wird er allein als Meeresgott beschrieben. Was ihm als archaisches Attribut bleibt, ist seine Dämonenhaftigkeit; von allen olympischen Göttern ist er der gewaltigste, unberechenbarste und den Menschen am wenigsten geneigte.

Poseidon und die Musen

Als chthonischer Gott steht Poseidon am Anfang der Geschichte der Musen und des Mythos der Aloiden und des Pegasos – deren Vater er ist. Ein homerisches Epigramm zitiert ihn in einem Zusammenhang als *Erderschütterer und Herren über den weitläufigen und dunklen Helikon.*

Den Mythen nach sind die Quellen Folge seiner Liebschaften mit den Nymphen, den Vorläufern der Musen. Seine Geliebte Amynome wird so mit der dreifachen lernäischen Quelle identifiziert, man bringt ihn jedoch auch in Verbindung mit der Dirke bei Theben, und der Dine und der Arne von Mantineia. Diese Quellgöttinnen verehrte man als *eidolon* aus Holz oder Wachs, wie einige Buchepigramme der *Griechischen Anthologie* es bezeugen:

Sei mir gegrüßt, du eiskaltes Wasser, vom Felsenspalt springend,
ihr auch, ihr Nymphen, roh geschnitzt von der Hand eines Hirten,
felsige Schroffen, desgleichen ihr Mädchen, wie Puppen gestaltet,
ganz naß von der Quelle, seid mir recht herzlich gegrüßt!
Ich, Aristokle, schenke euch diesen Becher; als ich vorbeikam,
füllte ich ihn mit dem Naß, löschte mit ihm meinen Durst.
(IX 326, Leonidas von Tarent)

Mit den Quellnymphen zeugte Poseidon Söhne: mit der Mideia zeugte er den Gründer der Stadt Aspledons – eine Doublette zur Geburt der Aloiden – und mit der Askra den Oioklos, einen der drei Begründer des Musenkultes. Mit der schwarzen Stute Melanippe zeugte er die Heroen Boitos und Aiolos, den Vater der Iphimedeia. Und wie im Mythos der Aloiden taucht auch hier ein Gatte auf, der ihre neugeborenen Zwillinge auf dem Berg Pelion aussetzen läßt, wo sie von Schafhirten gefunden werden.

In ihren Analogien verweisen der Mythos der Aloiden und jener des Pegasos aufeinander; in beiden zeugt Poseidon mit der Göttin der Erde – ob sie nun konkret Iphimedeia oder Medusa heißt – Zwillinge. Die älteste Variante, in der sich Poseidon in seiner ursprünglichen Gestalt mit Demeter paart, erzählt Pausanias; in ihr tauchen die Musen als die chthonischen Göttinnen der Erinnyen auf:

Demeter erhielt den Beinamen Erinys*; denn als sie herumirrte, als sie ihre Tochter suchte, soll ihr Poseidon gefolgt sein mit dem Wunsch, sich mit ihr zu vereinigen. Und sie habe sich in eine Stute verwandelt und zusammen mit den Stuten Onkios geweidet; Poseidon aber merkte, daß er getäuscht wurde, und wohnte der Demeter ebenfalls in Gestalt eines Hengstes bei. Demeter sei darüber zuerst zornig geworden, später habe sie ihren Zorn abgelegt und sich im Ladon baden wollen: Und daher seien die Beinamen der Göttin gekommen, wegen des Zorns Erinys, weil die Arkader Aufgeregtsein* erinyein *nennen. … Demeter soll von Poseidon eine Tochter geboren haben, deren Namen man Uneingeweihten nicht nennen darf, und das Pferd Areion; nach diesem soll bei ihnen zuerst in Arkadien Poseidon Hippios genannt worden sein.* (VIII 25.6)

Der Mythos des Pegasos

Keto, die Tochter des Meeres und der Erde, gebar ihrem Bruder Phorkys drei Töchter, die schon von Geburt an faltig und alt waren; sie nannte man Graien, die *Grauen.* Am Rande der Nacht und am Ende der Welt gebar sie ihm noch einmal drei Töchter, die Gorgonen. Ihre Namen waren Sthenno, die *Starke*, Euryale, das *Weite Meer*, und Medusa, die *Herrscherin;* sie waren alterslos und – bis auf Medusa – unsterblich. Sie war die

Erde, und Poseidon legte sich am Rande des Okeanos bei den Hesperiden auf ihrer Wiese voller Frühlingsblumen in Gestalt des Wassers zu ihr und zeugte mit ihr die Zwillinge. Doch sie blieben in ihrem Bauch und erst als ihr Perseus den Kopf abschnitt, entsprangen sie aus ihr, der Gigant Chrysaor und das geflügelte Pferd Pegasos. Chrysaor hatte seinen Namen von dem *chryseion aor*, dem goldenen Schwert, das er in Händen hielt, Pegasos den seinen von den *pegai*, den Quellen des Okeanos, wo er gezeugt worden war. Chrysaor, der sich mit der Tochter des Okeanos vermählt hatte, wurde der Vater des dreiköpfigen und dreileibigen Geryon. Pegasos jedoch flog von der Erde fort in den Himmel, wo ihn Zeus aufnahm; in seinem Haus wohnt er nun und bringt ihm Donner und Blitz. So erzählt es Hesiod in seiner *Theogonie*.

Medusa

Der Mythos des Pegasos spannt das Emblem der Aloiden als Doublette gleichsam in einen Rahmen. Zum einen setzt er die Geschichte der Musen dort fort, wo sie mit der Gigantomachie abgebrochen war, und führt sie symbolisch in den apollinischen Götterhimmel ein. Zum anderen geht er weiter als der Aloidenmythos auf seinen archaischen Ursprung zurück und präsentiert uns die Musen als Göttinnen, die anfangs mehr mit den

Gorgone

Graien, den Erinnyen und Gorgonen zu tun haben als mit den drei Grazien der späteren Zeit.

Im Gesicht der Medusa verbindet sich Menschliches mit Animalischem: der Kopf ist übergroß und rund, hat Eberfänge und erinnert an einen Löwen; ihr Haar wird als Mähne und öfter noch als Schlangenknäuel dargestellt; Schlangen winden sich auch als Gürtel um ihren Bauch. Sie ist mit weiblichen und männlichen Attributen zugleich versehen: ihr Kinn ist bärtig, auf manchen Bildern hat sie einen Phallus, während sie sonst mit einem Stutenhintern dargestellt wird. Wie ihre Schwestern, die Graien – die mit weißem Haar geboren wurden – ist sie jung und gleichzeitig alt: tiefe Falten sind auf ihren Wangen und ihrer Stirn. Sie ist das Sinnbild der Häßlichkeit – und zugleich doch der Schönheit, wie es Poseidons Verlangen bezeugt; man wird sie später als äußerst anziehende Frau darstellen, faszinierend wie der Tod, den sie in den Augen trägt. Sie ist das Sinnbild des Lebens und des Mineralischen zugleich: ihre Krallen sind aus Eisen. Sie steht für das Unsterbliche ebenso wie für das Sterbliche: Medusa ist zwar tot, aber ihr abgetrenntes Haupt lebt weiter, unsterblich wie ihre beiden Schwestern und weiterhin tödlich, indem sie jeden, dessen Blick auf sie fällt, versteinert. Sie ist das Gesicht des Todes, der kein Gesicht hat. Und sie bezeichnet das Unterirdische ebenso wie das Überirdische: im Reich des Dunkels geboren, hat sie Flügel, mit denen sie sich unter und über der Erde bewegen kann – wie im Jenseits der Lüfte, wie Pegasos, der Himmel und Erde mit dem Blitz verbindet.

Indem sich alle Kategorien, Bereiche und Gegensätze in ihr vereinen und auflösen, ist sie das Bild der Urgöttin Da, jener Mutter der Erde, die man nicht nennen darf: ihr Name ist ein *asema onomata*, wie auch ihre Schwestern nur Decknamen tragen. Sie ist das Allumfassende und das das All umfassende Bild der Welt, der menschlichen Existenz. Sie ist das Chaos, das noch Ungeformte und Undifferenzierte, die primordiale Nacht. Sie ist das Unsagbare, das sich nur durch sie sagen läßt, das sich durch die Musen vermittelt; sie ist das eine Signifikat, von dem sich alle Signifikanten ableiten und auf das sich alle wieder beziehen; sie ist der Laut, aus dem alle anderen folgen; sie ist das Bild, das alle weiteren generiert.

In den Texten, vor allem den Epopöen, erweckt ihr Blick bei den Kriegern den Schrecken: eine Panik ohne Grund, eine irrationale Furcht, die reine Angst, den Schrecken in seiner übernatürlichen Dimension – als Angst vor der Gewalt des Natürlichen, als Ausdruck des Überwältigtseins durch den Gott. Gleich wie ihr Blick aber ist ihr verzerrter, breiter Mund Symbol des Schreis: jenes Schreis der Athena im Lager der Troier, jenes des Achilles, der sich in den Kampf stürzt – aber auch jenes schrillen, durchdringenden Lautes der Flöte, die Athena erfand, um die hellen Stimmen der Gorgonen zu imitieren.

In seiner *Pythischen Ode* für Midas von Akragas und seinen Sieg im Flötenspiel führt Pindar dieses Motiv aus:

Und Athena hörte den schrecklichen Klagegesang der Gorgonen,
der ihren jungfräulichen Schlangenhäuptern entströmte,
als Perseus mit furchtbaren und leidvollen Mühen
ihre dritte Schwester tötete. Und weil sie ihren Geliebten
daraus gerettet hatte, schuf sie den lauten Ton der Flöte,
damit sie wie die schrille, weithallende Klage der Euryale klänge,
die sie aus ihren rasch sich bewegenden Kiefern hervorstieß.

(XII 7-21; gekürzt)

Der Mythos des Marsyas

Als Athene die Flöte spielte und sich dabei im spiegelnden Wasser einer Quelle sah, mit ihren geblähten Backen und den verzerrten Wangen, die Flöte wie ein Phallus zwischen den Lippen, erschrak sie darüber, wie sehr sie den Gorgonen ähnlich war. Und von sich angeekelt, warf sie ihre Flöte fort. Der Satyr Marsyas fand sie, und überall, wo er spielte, redete man ihm ein, daß seine Musik schöner wäre als die des Apollo mit seiner Leier; er solle doch die Götter zum Wettsingen fordern. Die Musen hatten darüber zu urteilen, wessen Musik nun die schönere wäre, doch sie konnten es nicht. Da überlistete Apollo den Marsyas, indem er ihn aufforderte, mit seiner Flöte das gleiche zu machen wie er mit seiner Leier, sie nämlich auf den Kopf zu stellen und dabei gleichzeitig zu singen und zu spielen. Da verlor der Marsyas, und zur Strafe zog ihm Apollo sein zottiges Fell bei lebendigem Leibe ab. Eine ähnliche Geschichte erzählt man von dem thrakischen Sänger Thamyris, dem man am Helikon eine Statue errichtete.

Die Flöte

Die Gigantomachie, Orpheus, der zerrissen, Medusa, die enthauptet, Marsyas, der gehäutet wird – all diese Motive zeigen, daß die archaischen Götter des Musenkultes den olympischen unterliegen und von ihnen entweder als *Hassenswerte* in den Hades verbannt oder in entmachteter Form in ihr System integriert wurden.

Statt Poseidon wird Zeus, statt Dionysos wird Apollo der Herr über die Musen. Ihre chthonische und monströse Erscheinungsform wandelt sich in jene Darstellungen um, wo ihre Schönheit nur mehr ein oberflächliches Attribut ist, sie goldene Stirnbänder in den dunklen Locken tragen und ihr Gesang alle

ekstatische Schrillheit verloren hat; es ist das Apollinische, das über das Dionysische den Sieg davonträgt. Leier und Flöte symbolisieren diesen Konflikt, bei dem die Leier als das zwar bedeutend tonärmere und tonschwächere, aber aristokratische Instrument in der Hand Apollos und Hermes' gewinnt.
Die Flöte war wie die alten Schwirrhölzer, die Zymbeln, Handpauken, Klappern und Rasseln eines der »Berginstrumente«, die die ekstatischen Tänze und Umzüge zu Ehren der Großen Mutter, der Gaia und der Rhea, aber auch die Reigen des Dionysos begleiteten. Mit ihnen ahmte man die Geister, Götter und Dämonen nach, wie man ja auch bis in unsere Zeit noch den Winter mit Lärm austrieb und den Frühling herbei-

Laufender Satyr mit Auloi und Flötenetui

sang. Die Flöte war Mittel des Apotropäischen ebenso wie der Invokation – und als Phallussymbol Teil des Fruchtbarkeitskultes. Als Instrument war sie Symbol eines Lautes, der die Natur ausdrückte und sie nachahmte: der Onomatopoeia, die die erste Funktion der Poesie war – um die Natur im Laut faßbar zu machen, ihren Segen herbeizurufen und ihre Gewalt abzuwenden.

Ihr Ton ist der erste des Orakels: das Zischen des Dampfes aus den Erdspalten, der scharfe Ton des Windes. Und sie ist der unheilbringende Laut, der auch Gefahren verheißt. Die Flöte ist deshalb auch ein Instrument der Magie und der Mantik: wer auf ihr bläst, ohne sie zu beherrschen, bringt nur einen schrillen Ton hervor; die Musike aber, die *techne* der Kunstfertigkeit erst erzeugt eine harmonische Skala, den angenehmen apollinischen Ton, den die gestimmten Saiten der Lyra von vornherein besaßen.

Doch selbst die Lyra geht ursprünglich wieder auf das Orakel zurück: die Äolsharfe, mit der man den Wind zum Singen brachte. Mehr als diese jedoch ist die Flöte ein Symbol für die Doppelfunktion von Poesie und Mythos: die Dissonanz des Universums in die Harmonie des mythologischen Kosmos zu transponieren und dabei doch den Generalbaß des Dämonischen zum Klingen zu bringen.

Blase ein liebliches Lied uns, Gott Pan, du Bewohner der Berge,
blase kräftig ins Rohr, freu dich des eigenen Spiels,
lasse die Weisen der Hirtenflöten erschallen und passe
den harmonischen Klang sicher den Worten an!
Mögen die Quellnymphen, beschwingt vom Rhythmus des Liedes,
stampfend im Kreise um dich wirbeln zum feurigen Tanz!
(Gr. Anth. XVI 226, Alkaios von Messene)

Die Schlange In ihrer Form und ihrem Laut entspricht die Flöte der Schlange, einer weiteren Verkörperung des Orakels: Medusa hatte ein Schlangenhaupt; eine ihrer Schwestern war die Schlange Echidna; Ladon war die Schlange der Hesperiden, dessen Fähigkeit, mannigfache Laute von sich zu geben, sich in den Stimmen seiner Hüterinnen widerspiegelt; das erste Orakel war der Schlange Python geweiht. In der *Theogonie* erzählt Hesiod auch von dem Ungeheuer Typhon, das Zeus mit Gaia zeugte, nachdem er die Titanen in den Tartaros gesperrt hatte. Hundert schlangenartige Köpfe hatte es, aus denen eine dunkle Zunge bleckte und feurige Augen blitzten; jeder Kopf verfügte über eine furchterregende Stimme, und diese Stimmen brüllten wie Stiere, blökten oder bellten oder zischten, daß die Berge widerhallten – sie sprachen alle Sprachen der Götter.
In der Antike galt die Schlange als Verkörperung des Orakels; sie war ein Vorzeichen, sie kannte die Zukunft, konnte den Menschen die Geheimnisse der Vogelsprache verraten, ihr Blick hatte magische Wirkung. Mit diesem Hintergrund

Die zwei Seiten eines Medaillons, gefunden bei den Ausgrabungen des Musentempels

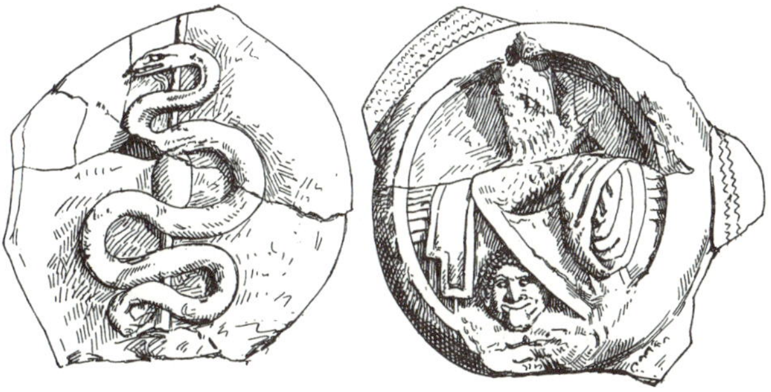

beginnt Pausanias sein Helikon-Kapitel mit einer langen Ausführung über die Schlangen dort und kann unvermittelt daran seine Ausführungen über die Musen hängen, als wäre der Zusammenhang klar. In diesen Kontext ist auch jene kleine, symmetrisch eingerollte Schlange einzureihen, die neben anderen Objekten bei den Ausgrabungen an der Stoa im Musenhain zum Vorschein kam.

S und Z

Die altgriechischen Zischlaute sind nicht nur akustisch, sondern auch visuell ein Verweis auf die Schlange: *s* (σ), *z* (ζ) und *ks* (ξ). Visuell ist das Sigma ein Ikon der Okeanos, der die Erde umschlingt, mit seinem einen Arm, der durch den Hades fließt; es ist der runde Ort der Aloiden, aber auch die Fessel der Schlangen, mit denen sie an ihre Säule gebunden sind, und der Gürtel der Gorgonen selbst. Akustisch ist es das Züngeln der Glossolalie und das Zischen des Orakels.

Das Sigma ist der reine, ungeformte Urlaut, den erst die Poesie in ihre Mitte setzt wie im Wort Musen, den sie umwandeln und in ihre Sprache einbinden muß – wie Mnemosyne, aus der dann die weiche, harmonische Mneme wird. Es steht im Zentrum, wie bei Poseidon, und ist der Ursprung der Silenen, Satyre und Sirenen. Es ist der rätselhafte Laut der Sphinx, der die Namen des Ephialtes, des Otos, des Zeus und des Pegasos abschließt – und sie mit diesem Laut wieder auf das Dämonische zurückführt.

Dionysios von Halikarnassos in seinem *De compositione verborum* bezeichnet das S und das Z in der Poesie als unangenehm, und als unerträglich, wenn es öfter vorkommt. Dieses Zischen erscheint ihm eher dem Tier als dem Menschen angemessen. Manche Schriftsteller, sagt er, versuchen es zu vermeiden, und einige hätten ganze Oden verfaßt, ohne es zu verwenden. Die Sibilanten wären ein Unding in den griechischen Oden, trotz des harmonisierenden Effekts der weichen Vokale. Die Sibilanten, die Zisch- und Reibelaute, sind in ihrer Etymologie der Ursprung des Orakels, dessen älteste Priesterin die Sibylle war; sie sind der Ausdruck ihres sibyllischen Charakters.

Der Spiegel der Medusa

Doch die Orakel sprechen mit gespaltener Zunge, und die Flöte der Athene war eine Doppelflöte; es sind nicht nur die Aloiden oder Pegasos und Chrysaor, die auf die Idee der Dualität verweisen, sondern die Medusa selbst.
In Lykosoura, schreibt Pausanias, gibt es einen Tempel mit der Statue der Despoina, der *Herrscherin*, neben der ihrer Mutter, der Demeter:

Vor dem Tempel steht ein Altar für Demeter und ein anderer für Despoina und danach einer für die Große Mutter. Die Statuen der Göttinnen selbst, Despoina und Demeter, der Thron, auf dem sie sitzen, und der Schemel unter ihren Füßen sind zusammen aus einem Stein; auch die Reliefs am Gewand und das, was am Thron angebracht ist, bestehen nicht aus einem anderen Stein, der mit Eisen und Verguß angeheftet wäre, sondern alles ist aus Stein.
Rechts, wenn man zum Tempel hinausgeht, ist ein Spiegel an der Wand angebracht; sieht man in den Spiegel hinein, sieht man sich selbst entweder ganz undeutlich (amydros) *oder überhaupt nicht. Die Statuen der Göttinnen und der Thron jedoch erscheinen deutlich auf dem Spiegel; sie sieht man in aller Klarheit* (enargos). (VIII 37.7)

In der *Odyssee* ist *amydros* eine Doublette von *amauros*, was Alb, einen nächtlichen Dämon, und bei Sappho die Toten bezeichnet. *Enargos* aber nennt jene göttliche Helle, die man mit menschlichen Augen nicht sehen kann, weil sie blendet; aus diesem Grund werden die Götter den Menschen nur als Erscheinungen sichtbar. Der Spiegel der Medusa in seiner Polarität zwischen dem Unsichtbaren und dem Sichtbaren, in seiner Dualität von Göttern und Menschen wird so zum Emblem der Epiphanie: der Spiegel ist eine Schnittstelle zwischen zwei Welten, in ihm schneiden sich die Koordinaten, kreuzen sich die Perspektiven. Das Spiegelbild oszilliert zwischen zwei Gegensätzen: einmal ist es die leere Illusion der Realität, einmal die Projektionsfläche für das Göttliche, das in seiner Helle deutlich wird. In seiner Inversion der Dinge wird der Spiegel zur Fläche der Transparenz; er ist jener Ort, der wie das Wasser zwei Welten angehört, ein Vexierbild, das die parallelen Universen des Mythos und der Realität aneinander und ineinander bindet. Und nur über den Spiegel wird ja Perseus in der Lage sein, dem versteinernden Blick der Medusen zu entgehen, indem er sie sieht und dennoch nicht anblickt: nicht als etwas Reales, sondern als Bild.

In ihm allein stimmen Mythos und Realität überein, in einer mantischen *sympatheia* – die Trennung ist nicht absolut; das Bild ist das Produkt von Affinitäten, Übereinstimmungen und Bereichen, die sich tangieren. Das Bild der Medusa im widerspiegelnden Schild des Perseus ist ein *teras*, ein Vorzeichen, von dem man sowohl sagen kann, daß es *fürchterlich anzuschauen* ist, wie auch *wunderbar zu sehen*. Es ist ein Ikon, das dem *eidolon* nahe ist – dem Double, jenem Traumbild, das die Götter senden, den Geistern, Erscheinungen und Phantomen.

Der Tod, der Stein und die Stille

Verbunden ist dieses Emblem des Spiegels mit dem Tod und dem Stein. Hades, der Tod, bedeutet etymologisch *aidis*, das Unsichtbare; die Kappe des Hades, die Perseus von den Graien erhält, um Medusa zu enthaupten, die *kyne*, macht unsichtbar. Zwischen der *psyche* des Todes – dem unsichtbaren Nebel, dem dunklen Schatten – und dem Stein – der sichtbaren, aber kalten, stumpfen und blinden Form – besteht eine Affinität, die in ihrem gemeinsamen Gegensatz zum Bereich des Lichtes, des Lebens liegt.

Die Medusa verwandelt jene, welche sie betrachten, zu Stein. Den Tod sah man in der Antike als eine Versteinerung; die Transformation des lebendigen Körpers in einen kalten, stummen und starren Kadaver, der steinerne Tod, von dem Pindar spricht, verweist auf diese symbolische Verwandtschaft: die *psyche* bezieht sich auf *psychron*, die Kälte.

Im Gegensatz zur Welt der Stimmen, der Schreie und Gesänge ist der Tod die Welt der Stille. Einige Priesterinnen, die für die Begräbnisriten zuständig waren, trugen den Namen die *Stillen*. Einem Stein, einer Statue oder der Erde Leben zu verleihen aber heißt, ihr eine Stimme, eine *phone*, zu geben. Tot zu sein, das heißt wie ein Stein ohne Stimme zu sein. Dagegen gibt das Metall, wenn man daran schlägt, einen Ton von sich, leben die gebrannten Tongefäße im Ofen, wenn man sie brennt – deshalb sind sie ja auch die Gefäße des Orakels. Auf den Stein zu schwören, heißt mit den chthonischen und dämonischen Kräften Kontakt aufzunehmen – das ist es, was Hesiod mit dem *Schwören auf Stein und Eiche* meint.

Narkissos

Dem Mythos und damit auch der Poesie kommt es zu, die Transparenz zwischen den Welten zu manifestieren, wie sich im Spiegel der Medusa das Reale im Irrealen überblendet. Seine Transparenz läßt sich in dieser Inversion klar umreißen: sie ist die Transzendenz der Sprache, die einem von den Musen in den Mund gelegt wird. Wo sie sich bricht, scheitert der Mythos und die Poesie. Die beiden Versionen des Narziß, die Pausanias erzählt, lassen diese Deutung zu:

Am Gipfel des Helikon entspringt der Lamos, ein nicht sehr großer Bach. Auf dem Gebiet von Thespiai heißt dieser Donakon. Dort liegt auch die Quelle des Narkissos, und man sagt, daß Narkissos in deren Wasser geblickt habe; da er aber nicht erkannte, daß er sein eigenes Spiegelbild betrachtete, habe er sich in sich selbst verliebt, und aus Liebe habe er an dieser Quelle sein Ende gefunden.
Es gibt aber noch eine andere Sage über ihn, die zwar weniger bekannt ist, aber gleichfalls überliefert wird; Narkissos habe eine Zwillingsschwester gehabt, die ihm völlig glich, auch die Haare in gleicher Weise trug, gleiche Kleidung anzog und mit ihm auf die Jagd ging. Narkissos habe sich in seine Schwester verliebt; als aber das Mädchen starb, habe er die Quelle besucht. Er erkannte zwar, daß er mit seinem eigenen Spiegelbild zusammen war, doch brachte diese Begegnung seiner Liebe Erleichterung, indem er sich einbildete, er sehe nicht sein eigenes Spiegelbild, sondern die Gestalt der Schwester.

(IX 31.7-9; gekürzt)

Auf sich selbst bezogen, bleibt der Spiegel blind; ein Mythos, eine Poesie, die eine Transzendenz verweigert, sich mit und in sich selbst genügt und stirbt. Erst das ins Gegensätzliche – in das Andere, das andere Geschlecht, den Tod Übergreifende, erst das Double bindet das einzeln geäußerte Wort in seine Dialektik ein. Die Sprache, die nur sich selber spricht, ohne Bezug zu nehmen, die Worte, die nur Signifikate ihrer selbst sind und sich vom Realen abgelöst haben, bedeuten nur mehr ein Verstummen, ein leeres Stammeln, das nichts mehr offenbart; darin stimmt dieser Mythos auch mit der postmodernen Poesie und Sprachphilosophie überein. Die Drohung des Narkissos beruht auf diesem, sich völlig frei stellenden Subjektiven – dem Subjektiven, das auch im Anderen nur sich selbst sieht, und damit nur den Tod. Narkissos versinnbildlicht eine Art der Hybris; Bellerophontes, der in seiner prometheischen Gier diese Dialektik auf eine andere Art zu negieren versucht, steht für eine andere Form der Hybris.

Bellerophontes

Eine Schwester der Medusa war die Chimaira; sie hatte drei Köpfe, den eines Löwen, den einer Schlange und den einer Ziege, die alle Feuer spieen. Bellerophontes, der Enkel des Sisyphos, sollte das Ungeheuer töten. Der Seher Polyeidus gab ihm den Rat, das geflügelte Roß Pegasos zu zähmen, und verriet ihm auch, wie er von Athene das magische Zaumzeug dafür bekommen könnte. So suchte er den Pegasos und fand ihn an einer seiner Tränken, der Quelle Peirene in Korinth, und zäumte ihn. Sie flogen zusammen über die Chimaira hinweg, und er tötete sie mit seinen Pfeilen. Später dann wollte er mit seinem Pferd gar bis zum Olymp fliegen, um zu sehen, ob es die Götter überhaupt gibt, als wäre er selbst ein Gott. Doch Zeus sandte eine Wespe, die Pegasos unter seinem Schwanz stach und ihn sich aufbäumen ließ; da warf er den Bellero-

Pegasos und Bellerophontes (römisches Relief)

phontes mitten im Fluge ab, so daß dieser zurück auf die Erde fiel. Pegasos flog weiter bis zum Olymp, wo Zeus ihn aufnahm und zum Packpferd für seine Blitze machte. Bellerophontes jedoch fiel in einen Dornbusch und wanderte rastlos über die Erde hin, im Landstrich Aleion, der Ebene des Umherirrens, lahm, blind, allein und verflucht, bis er schließlich starb.

Die Hybris

Das ungeflügelte Zeusroß Erion war noch, den Adrastos mit sich nehmend, in die Unterwelt zurückgekehrt; Pegasos gelangte jetzt bis zum Olymp. Darin wird ein weiteres Mal deutlich, wie sich der Musenkult vom Unterirdischen zum Überirdischen hin orientiert. Der Versuch, über die Götter oben Näheres zu erfahren, führt zum Sturz des Bellerophontes. Darin liegt die Warnung vor der Hybris, nicht wie Narkissos zuwenig, sondern zuviel Transzendenz zu verlangen und hinter die Spiegel schauen zu wollen; als Motiv kleidet es die Gigantomachie der Aloiden neu ein.

Pegasos

Pegasos leitet sich von *pygasos* ab: der *Starke*; Hesiod und der Volksglaube führten den Namen jedoch zurück auf *pege*: er heißt das Quellroß, weil er an den Quellen des Okeanos zur Welt kam. Eine andere Etymologie führt zu *pygos*, weiß – zum Blitz, den auch Chrysaor, das goldene Schwert, versinnbildlicht.
Er steht wie sein Vater Poseidon für den Pferdegott der Quellen; nach ihm ist die Hippokrene am Helikon, eine gleichen Namens in Troezen, die aber nur eine reine Sühne- und Reinigungsquelle war, und die Peirene auf Akrokorinth benannt. Ein Weih-Epigramm des Honestus geht darauf ein:

Pegasos und Asopos, ihr beiden verschwisterten Quellen,
euch entstampfte ein Roß wie auch ein Flußgott dem Grund.
Jenes schlug auf die Helikonsader, und er auf die Adern
Akrokorinths. Und zu zweit trafen die Hufe ihr Ziel.
(Gr. Anth. IX 225)

Die Stilisierung des Pegasos als Dichterroß und jenes der Musen geht jedoch eigentlich erst auf die augusteischen Dichter zurück, Vergil, Catull, Ovid, Properz. Richtig dazu gestempelt wurde er erst in der Renaissance durch Bojardos *Orlando inamorato.* Hier hatten römische und hellenistische Dichter vorgearbeitet und die Namen Pegasides für manche Nymphen bereits auf den Helikon-Mythos übertragen.

Die Entstehung des Helikon

Wie Pausanias schreibt, ist die Hippokrene durch den Hufschlag des Pegasos entstanden. Nach Hesychios und Aratos geschah dies, nachdem der Pegasos Bellerophontes abgeworfen hatte und umherirrend zum Helikon gelangte. Vom Durst gequält, hätte er mit seinem Huf im grasbewachsenen Boden gescharrt, dem sogleich die Roßquelle entsprang.

Antoninus Liberalis überliefert eine andere Version, in der die neun Töchter des Pieros die Musen zum Wettstreit herausfordern. Wie Marsyas verlieren auch sie, weil sie nach Ovid *den Giganten zu Unrecht Ehre erwiesen und die Taten der großen Götter schmälerten;* deshalb wurden sie in krächzende Vögel verwandelt. Denn als die Töchter des Pieros sangen, verdunkelte sich alles, und niemand hörte auf sie. Beim Gesang der Musen aber blieb alles stehen, Himmel, Gestirne, Meer und Flüsse. Der Berg Helikon begann vor Entzücken in den Himmel zu wachsen, bis ihn der Pegasos auf Befehl des Poseidon mit den Hufen schlug. Damals entstand die Quelle Hippokrene, um die die Musen tanzen.

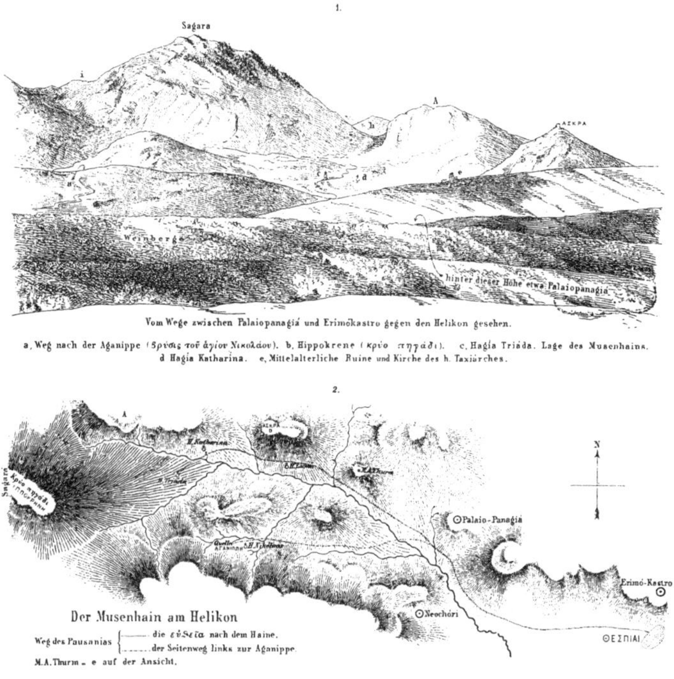

Abbildung aus A. Conze, Reise durch Griechenland, 1863

IV
DER HELIKON

Mit den Helikonschen Musen laßt uns beginnen zu singen,
die am großen und gotterfüllten Berg Helikon wohnen
und um die tiefblaue Quelle mit leichtem Fuß
tanzen und um den Altar des allgewaltigen Zeus.
Und wenn sie ihre zarten Körper gebadet haben, im Permessos,
in der Hippokrene oder dem gotterfüllten Olmeios,
tanzen sie auf dem Gipfel des Helikon ihre schönen und
lieblichen Reigen und bewegen sich flink mit den Füßen dazu.
Von dort brechen sie auf, verborgen in dichtem Nebel, und
in der Nacht gehen sie um und singen mit heller Stimme ihr Lied.

(Hesiod, Theogonie 1-10)

Die Hippokrene Die Hippokrene ist der tiefe Brunnenschacht mit eiskaltem Wasser zweieinhalb Stunden oberhalb des Musenheiligtums. Man steigt von dem alten Kloster Agios Nikolaos oder der Kapelle Agia Triada hinauf; er liegt 1360 Meter hoch auf einem schmalen Plateau, nahe der Spitze des Nordhanges. Verborgen unter Felsen und Arbutusbäumen bei der Biegung nach Westen findet man hier die antike Einfassung des Brunnens, der heute *krio pigadi,* »kalter Brunnen«, genannt wird. Der *Tanzplatz der Musen* ist dann das einzige größere Plateau südlich des Gipfels, von wo man auf den Golf von Korinth sieht.
Drei verschiedene Reiseberichte des letzten Jahrhunderts, die diesem Mythos auf der Spur waren, geben uns eine genauere Beschreibung der örtlichen Verhältnisse, als sie heute noch erkennbar wären:

Das Plateau der Hippokrene (Kriopigadi) mit Blick nach Norden; die Quelle ist linker Hand hinter den Bäumen (Abbildung: P. W. Wallace)

Aus dem Tannenwald tritt man auf einen runden, vollkommen baumleeren Platz, der mit Steingeröll überdeckt und mit Farnkraut bewachsen ist. Der Brunnen selbst ist dreieckig, etwa acht Fuß tief und mit behauenen Steinen ausgemauert. Ein glattes Felsstück ragt mitten aus dem Wasser hervor, von dem aus ein Efeu die eine Wand umrankt; mit Hülfe eines Tannenstammes, dessen zugerichtete Äste als Leiter dienen, steigt man zu dem klaren, eiskalten Wasser hinab. Der Brunnen scheint seit uralter Zeit keine Veränderung noch Zerstörung erlitten zu haben. Die Hirten, welche auf dieser Höhe ihre Herden weiden, füllen hier am liebsten ihre Schläuche. Noch einige Schritte aufwärts und genaugenommen auf dem äußersten Gipfel des Berges liegt von Tannen umgeben die offene Kapelle des heiligen Elias, die aus einem alten, von kleinen polygonen Steinen gut zusammengefügten, an 12 Fuß

Die Einfassung der Hippokrene
(Abbildung: P. W. Wallace)

langen, aber etwas schmäleren Gehege oder Heiligthume besteht, worin ohne Zweifel einst der von Hesiod erwähnte Altar des helikonschen Zeus sich befand.

Man braucht vom jenem Kloster wenigstens eine Stunde den Berg hinauf (zusammen vom Dorf an sieben Viertelstunden) bis dahin, wo die Pferde bleiben, in einen ziemlich geräumigen Kessel mit breitem, ebenen Grunde, der jetzt durch einige Bäume getrennt ist, aber für das Musenheiligthum wohl passend ist. Kein anderer Name bietet sich dar, und man steigt von da zur Hippokrene eine Stunde, also die zwanzig Stadien des Pausanias. Dies ist so steil, daß nur Maulthiere noch eine Strecke hinaufkommen. Auf der Spitze bilden die Klippen einen stolzen Strauß, und auf der kleinen, geebneten Stelle ist der Mauerumfang einer kleinen Kirche, nur noch niedrig. In diesen Umfang ist ein Stück Mauer vom temenos *des Zeus aufgenommen, ähnlich wie in Ägina auf dem* oros. *Sie ist unverkennbar, vier Schritte lang, fünf Lagen hoch, eine nicht sehr große, noch besonders stark gefügte, polygonische Construktion. Ein Stück Stein ragt hervor, vielleicht vom Altar des Zeus aus dem natürlichen Felsen geschnitten, denn wie die Christen das* metagraphein *zu üben liebten, sieht man überall.*
Es regnet fort, der Nebel ließ kaum den Korinthischen Meerbusen sehen, bald nichts mehr. Von der Spitze des Berges geht man auf der anderen Seite eine gute Strecke ganz steil hinab zum krio pigadi. *Ein ovaler, grüner Platz, aber nicht grün von schönem Rasen, sondern von häßlich großen Blättern einer gelben Blume, dabei steinig und uneben, eröffnet sich, an welchem unten die Quelle. Sie ist ohne Zweifel antik mit großen, behauenen Steinen gefaßt, einen Schritt höchstens breit, zwei lang, ohne andere Einfassung als gelegte Steine; der Führer stieg hinab vermittelst der Äste eines darin stehenden Efeubaumes und schöpfte; kühl und*

schön ist freilich dieses Wasser. Wieder hinauf und in die Höhe nach der anderen Seite hinab, was ohne allen Umweg gerade die Steile hinab in 35 Minuten gelang, und hier erholte man sich etwas unter dem Baum im alten Heiligthum der Musen.

Die Quelle liegt in einem einige Klafter langen Erdschlund, dessen tiefer gelegener Theil in Form eines dreieckigen Brunnens überbaut ist; das Wasser hat nicht immer dieselbe Höhe, durchschnittlich steht es ungefähr 3 Meter unter dem oberen Brunnenrand. Die Brunnenwände sind etwas gewölbt, aus meist behauenen polygonen Steinen aufgeführt und mit Löchern für den Fuß der Einsteigenden versehen; für diese ist auch ein langer knorriger Baumstamm hineingestellt, an welchem nur der Wlache behenden Fusses zum Quell in den Brunnen hinabsteigt. Das Wasser ist durch den Überbau vor den Sonnenstrahlen geschützt und namentlich in den strengeren Jahreszeiten eiskalt.

In allen Teilen des Gebirges treten tektonische Störungen auf; da der Kalk überall von Schiefer unterteuft wird, kommen an den Grenzen beider Gesteinsschichten Quellen zutage, besonders zahlreich am Nord- und Ostfuß des Gebirges, dessen Gipfel der heutige Zagora auf 1526 m ist – der Helikon des Hesiod und des Pausanias.
Die Gegend ist auch heute noch ungewöhnlich fruchtbar, gerade wegen der Bäche, die in der trockenen Umgebung die Felder bewässern. In tieferen Lagen finden sich Eichen; in höheren Lagen ist der Helikon immer noch dicht mit Tannenwald bestanden. Von dort aus sieht man an seinem Fuße auch noch den antiken Wehrturm der Stadt Askra, wo Hesiod wohnte. Dort wachsen besonders seltener Mastix, aber auch Lorbeer und Krokus.

Unterhalb des Gipfels zieht sich eine Art karstiges Plateau hin, das überall von Poljen und Dolinen durchsetzt ist, Trichter im Geröll, in denen sich Erde ansammelt, in der die Feuchtigkeit sich eher hält. Der alte Weg aber führte vom Musenheiligtum zum Paß, weiter in Richtung des Olmeios, höher wieder zurück und dann steil die Flanke hoch zur Hippokrene – er ist heute markiert, aber der Einstieg ist schwer zu finden.
Der kalte Brunnen Kriopigadi mit seiner annähernden Hufeisenform ist auf seiner Höhe kurz unterhalb des Gipfels eine geologische Anomalie. Als solche erscheint er geradezu für einen heiligen Quell prädestiniert; es ist Wunder genug, unter dem Gipfel Wasser zu finden, auch wenn es heute brackig und faul ist.

Der Musenkult am Helikon

Um uns den Kult der Musen an der Hippokrene zu vergegenwärtigen, zitieren wir noch einmal Pausanias und seine Beschreibung des Trophonios-Orakels und versuchen, danach örtliche Übereinstimmungen festzustellen.

Dann geht er zur Orakelstätte, bekleidet mit einem leinernen Chiton und Binden um den Chiton und in einheimischen Sandalen. Die Orakelstätte befindet sich über dem Hain auf dem Berge. Eine Plattform aus Marmor ist ringsum gebaut in der Größe wie eine ganz kleine Tenne und weniger als zwei Ellen hoch. Auf der Plattform stehen Gitterstäbe, die ebenso wie die sie verbindenden Bänder aus Bronze sind; in sie sind Türen gebaut.

Innerhalb des Bezirks befindet sich ein Erdschlund, der nicht natürlichen Ursprungs ist, sondern künstlich und aufs sorgfältigste gebaut wurde. Die Form dieses Bauwerks gleicht einem Backofen; in der Breite beträgt sein Durchmesser schätzungsweise vier Ellen, und auch die Tiefe des Bauwerks kann man wohl auf mehr als acht Ellen schätzen. Ein Abstieg zum Boden ist nicht gebaut; wenn jemand zum Trophonios geht, bringt man ihm eine schmale, leichte Leiter.

Der Hinabsteigende legt sich nun auf den Boden, indem er mit Honig gebackene Kuchen in der Hand hält, schiebt zuerst seine Füße in das Loch und folgt dann selber nach, wobei er darauf Bedacht nimmt, daß sich seine Knie in dem Loch befinden. Der übrige Körper wird dann sofort ergriffen und folgt den Knien nach, wie der größte und reißendste Fluß einen vom Strudel erfaßten Menschen verschlingt. Von da an ist für die, welche in das Allerheiligste gelangt sind, die Art und Weise, wie sie die Zukunft erfahren, nicht ein und dieselbe, sondern der eine sieht, der andere hört etwas. Die Hinabgestiegenen kehren durch dieselbe Öffnung wieder zurück und wieder mit den Füßen voraus.

Denjenigen, der vom Trophonios heraufkommt, empfangen erneut die Priester und setzen ihn auf den sogenannten Thron des Erinnerns, der nicht weit vom Allerheiligsten steht, und fragen ihn dort, was er gesehen und erfahren hat. Sie tragen ihn in das Haus, in dem er sich auch vorher aufhielt, bei der Tyche (dem guten Geschick) und dem Agothodaimon (dem guten Daimon), noch ganz benommen vom Schrecken und ohne Bewußtsein seiner selbst und seiner Umgebung. Im übrigen ist er dann später durchaus nicht weniger bei Verstand als vorher, und das Lachen kommt ihm auch wieder. Ich schreibe das nicht nur vom Hörensagen, sondern weil ich andere gesehen und auch selber das Orakel des Trophonios befragt habe.

Alle Reisebeschreibungen gehen von dem Plateau der Hippokrene einheitlich einem Platz in der Größe einer Tenne aus. Man könnte sich also vorstellen, daß dieses Plateau der Tanzplatz der Musen, der Orakelpriesterinnen, war, wo sie ihre inkantatorischen Reigen tanzten und in Trance verfielen. Demnach hätte um die Einfassung des Brunnens eine solche Plattform gebaut sein können, von der man, wie heute noch, mit einer Leiter hinab in den Brunnen wie in einen Backofen stieg – die zweieinhalb Meter hinab bis zum Wasserspiegel (die Musenquelle in Delphi ist ähnlich gebaut). Mit den Füßen berührte man dann das Wasser; ein Gefühl des Verschlungenwerdens, des Strudels, der einen hineinzog, verband sich mit dem akustischen Erlebnis des Echos in diesem engen Schacht und seinem Dunkel. Aus der Quelle zu trinken und in ihr zu baden, war dann Reinigungs- und Sühneopfer zugleich; ihren dunklen Schacht zu erfahren, war das Erlebnis des Orakels, das Ereignis der Musen – auch noch für Nestor von Laranda um 200 n. Chr.:

Spendet mir, Musen, erfreuliche, klingende Worte, den süßen
Schwall helikonischen Sanges von euren eigenen Lippen!
Wer trinkt den Trunk des liederschaffenden Quellwassers,
fühlt sich genußreich erquickt von eurem hallenden Klange.
(Gr. Anth. IX 364)

Daß bei der Hippokrene ein Orakel war, bestätigt ein vor 1890 nahe bei der Kriopigadi gemachter Fund, der im Nationalmuseum von Athen unter der Nummer 10850 inventarisiert ist – ein 12 cm langes Fragment eines Bronzekessels. Auf ihm ist der Name *ELIPHON* eingeritzt, eine abweichende Schreibweise für Helikonios, den Beinamen des Poseidon, dem ganz Böotien geweiht war.

Teil vom Bronzekessel des Orakels am Helikon

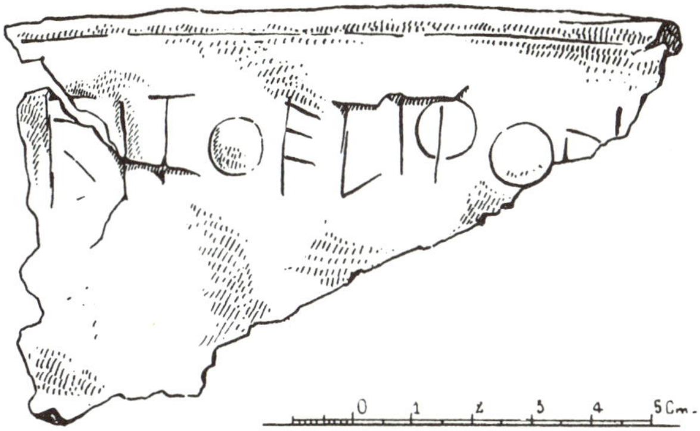

Der Zeustempel am Helikon

Den *Thron des Erinnerns* hat man sich wahrscheinlich in der heutigen Kapelle des Heiligen Elias vorzustellen, die sich ein paar Minuten oberhalb des Brunnens auf dem Gipfel befindet. Dort war wohl der *Altar des allgewaltigen Kronossohnes,* wie es in der *Theogonie* heißt. Hesiod hatte Zeus damit gemeint, ursprünglich aber war der *bomos* seinem Bruder Poseidon geweiht, dem archaischen Berg- und Quellgott der Musen, dessen Kult am Helikon sich in den homerischen Hymnen und Epigrammen nachweisen läßt: *Meergott, der du den Helikon schirmst!* Die wahrscheinlichste Ableitung dieses Ephithetons geht auf *helike* zurück, die Weide – womit sich wieder ein Kreis schließt zum Orakel der Bäume und dem bewaldeten Gipfel des Helikon.

Die Ruinen rund um diesen Altar werden in einem Reisebericht vor hundert Jahren sehr detailreich beschrieben; heute ist nur mehr wenig zu erkennen und die Steine erinnern eher an die Umfriedung eines Schafstalles als an einen Tempelbezirk:

Einige Minuten südwärts auf dem Rücken des Gebirges liegt von dichtem Tannengehölz eingeschlossen die dachlose Kapelle des heiligen Elias, deren Wände aus zusammengelegten Steinen ohne viel Kunst zusammengefügt, das Aussehen eines rohen Polygonhauses darbieten. Die Steine wurden wahrscheinlich von den Mauern des alten die Kapelle einschließenden Peribolos entnommen, von dem man noch einige Seiten mit Sicherheit erkennen kann; sie sind polygonal und waren mehr fest als schön. Sie schlossen im Altherthume den von Hesiod im Anfang der Theogonie *erwähnten Altar des Zeus ein. Der alte noch erhaltene Eingang zum Peribolos ist verschüttet, auch die gegenüber liegende Ostseite ist durchbrochen. Die Felsen rings umher sind mit weichem Moos bewachsen. Nur mit Mühe bricht man sich Bahn zu der Trümmerstätte, welche für den ersten Anblick kaum den Anschein so hohen Alterthums hat.*

Reste des Zeusaltars, 1996

Der Olmeios

Etwas weiter in Richtung Norden sammelt sich unterhalb des Gipfels der *gotterfüllte Olmeios*, in dem die Musen laut Hesiod auch badeten. Der Olmeios ist wahrscheinlich eine Verschreibung von Lamos, jenem Fluß, in dessen Nähe Narkissos seine Quelle fand und der laut Pausanias unterhalb des Helikon entspringt (OLMIOC – OAMIOC). Er heißt heute Zagara-Fluß. Wenn man auf das Paradigma des Trophonios-Orakels zurückkommt, könnte dieser Bach zur rituellen Reinigung vor dem Besuch des Hippokrene-Orakels benützt worden sein. Zitieren wir zum Vergleich ein weiteres Mal aus jener Passage bei Pausanias:

Zuerst führen ihn in der Nacht zwei etwa dreizehn Jahre alte Bürgerssöhne, die Hermai heißen, an den Fluß Herkyna und salben und waschen ihn. Dann wird er von den Priestern noch nicht sofort an die Orakelstätte geführt, sondern zu Quellen, die einander ganz nahe sind. Dort muß er das sogenannte Wasser des Vergessens trinken, damit er alles vergißt, was er bisher gedacht hat, und danach trinkt er ein anderes Wasser des Erinnerns, und davon erinnert er sich an das, was er gesehen hat, wenn er hinabgestiegen ist.

(IX 39.7)

Das Mysterium der Musen am Helikon ließe sich demnach folgendermaßen vorstellen. Man kam in Askra am Musenhain an und wurde wie bei den eleusischen Mysterien in die geheime Fassung des heiligen Mythos eingeweiht. Dann opferte man den Musen und enthielt sich verschiedenster tabuisierter Speisen und Getränke. Der Weg den Berg hinauf zur Hippokrene war ein wichtiger Teil der spirituellen Erfahrung, der

Einstimmung und der Vorbereitung. Unterwegs fand dann am Olmeios die rituelle Waschung statt und oben am Gipfel betrat man zuerst den Tempel. Dort trank man ein mit psychotropen Substanzen versetztes Gebräu oder aß Kuchen und stieg danach in den Brunnen hinab, wo man an einer Offenbarung teilnahm, während der Priester – der wahrscheinlich Eunuche war – oder die Priesterinnen mit hohen Stimmen ihre Inkantationsformeln sangen. Nachdem man des Gottes, seiner Vision und seiner Botschaft gewahr worden war, wurde man zum Thron der Erinnerung beim Altar des Poseidon geführt, wo die Offenbarung gedeutet und in den Rahmen Mythos eingebettet wurde.

Der Gott der Dichter

Einer der schönsten und zugleich rätselhaftesten Funde, die bei den Ausgrabungen 1888/89 im Hain der Musen gemacht wurden, ist eine 1,2 Meter hohe und ca. 50 cm breite Stele aus Granit, die man auf das 3. Jahrhundert v. Chr. datieren kann. Sie steht heute im Museum in Athen.

Sie besteht aus drei ungleichen Teilen: einem glatt herausgehauenen Balken mit einer Inskription in drei hexametrischen Versen; dem etwas groben Relief einer Figur und dem rauh belassenen Sockel, auf dem eine zweite Inschrift in vier Hexametern steht, sowie eine dritte, die rund um einen Lorbeerkranz eingraviert ist. Alle drei Inschriften sind nur mehr stellenweise lesbar.

Die erste Inschrift nimmt auf den Spender der Stele Bezug, der anscheinend Anspruch darauf erhebt, von Hesiod abzustammen:

Stele des Hesiod

Ο..ΟΥΙΟ...ΔΙΟΣΑΜΦΙΚΡΙΤΟΥΜΟΥΣΑΙΣΑΝΕΘΗΚΕ

ΟΣΜΛ<....ΠΕ...Τ◠Ν..Λ....Σ.ΙΝΑΕΙΝΩΣ

ΚΑΙΓΕΝ.ΟΣΤΟΤΕΛΟΣ..Ν◠ΙΚΑ....ΝΟΜΑΣΩΙΞΟΙ

.... der Sohn des Amphikritos hat den Musen geweiht
.... ewig
und diese Gabe möge das Geschlecht und den Namen bewahren

Erschließen läßt sich dieses Fragment etwa folgendermaßen:

Der Sohn des Amphikritos weiht diese Gabe den Musen, für alle Ewigkeit: möge dieses Monument den Namen seines Spenders, den letzten seines Geschlechts, vor dem Vergessen bewahren.

Die zweite Inschrift beginnt mit einem Verweis auf die Figur des Reliefs, dann liest man das Wort Helikon; der Vierzeiler endet mit dem Verweis auf Hesiods fruchtbare Weisheit. Dazwischen taucht der Name Hesiod selbst auf, zusammen mit Worten, die man als Anspielung auf eines seiner Werke – die Sentenzen des Chiron – lesen kann oder als Umschreibung, daß der Dichter jetzt tot ist oder in seinen Gedichten das Schicksal aller Menschen beschrieben hat.

ΟΥ(Ρ/Τ)ΟΣΑ..ΤΟΦΟ(Ρ/Ι)ΑΡΝΗΡΑ.ΙΟΤΒ(Υ)ΟΤΩ(Ν/Υ)ΣΑ

ΟΥΚΑ(Ρ/Τ)ΙΣΕΛΙΚΩΝΜΟΧ.ΛΟΝΧΡΗ.ΜΟΝΙΑΧΕΩ

ΠΕΙΘΟΜΕΝΟΙΟΒΡΟΤΟΙΣΥΠΟΘΗΚΑΙΣΗΣΙΟΔΟΙΟ

ΕΥΝΟΜΙΑΧ..ΑΤΕ(Υ/Σ)Τ(Ω/Α)ΚΑΡΠΟΙΣΙΒΡΥΟΥΣΑ

dieser....

....Helikon.... ich rufe das Orakel
des Hesiod, der für die Menschen auf die Lehre vertraut,
rechtliche Ordnung....die Früchte sprießen läßt.

Die dritte Inschrift war wahrscheinlich ebenfalls ein Vierzeiler; von ihr ist der Anfang des ersten Verses erhalten, der ganze zweite, der Beginn des dritten und das Ende des vierten:

Hesiod, Sohn des Zeus, besang die Musen
und den göttlichen Helikon
mit sehr schönen Hymnen....

....

..... Musen

Das Relief zeigt einen Greis mit nacktem Oberkörper, der sich mit beiden Händen auf die nach oben gebogene Kurve des erhöhten, rohen Sockels stützt, als wollte er aus irgendeiner Vertiefung oder einem Schacht steigen. Haare und Bart rahmen sein Gesicht mit einer wirren Mähne ein. Unter dem

Haaransatz ist eine dreieckige Vertiefung aus der Stirn herausgeschlagen; die beiden Augenhöhlen sind leer.
Die Haare lassen an die Schlangenmähne der Medusa, ihre Wellenformen, auch an die Algen oder Wellen des Poseidon denken. Bei den Ausgrabungen fand sich als weiterer Vergleichspunkt auch das Relief einer nicht weiter identifizierbaren chthonischen Göttin mit ähnlichen schlangenartigen Haarsträhnen. Das Dreieck erinnert an die Augen der Kyklopen, obwohl sie nie in dieser Art dargestellt wurden, noch sich ein Beispiel für ein Dreieck so hoch über der Stirne findet. Die leeren Augenhöhlen wiederum rufen die Blendung des Ephialtes in Erinnerung und die Blindheit, die man den Aoidoi von Thamyris bis Homer zuschrieb. Der erhöhte Sockel, der den

Stele des Hesiod (Ausschnitt)

Körper gerade noch vom Bauch bis zur Brust freigibt, und die Hände, die einmal gespreizt und einmal mit ihrem Griff auf diesem gebogenen und unregelmäßigen Rand liegen, lassen an die Einfassung eines Brunnens oder sonst einen Schacht denken; der Rest des Körpers bis zu den Füßen scheint jedenfalls bis unter die Erde hinabzureichen, auf der diese Stele einmal stand.

Die Annahme liegt nahe, daß es sich hier um eine Figur handelt, die mit der Vorstellung des Poseidon als chthonische Gottheit der Quellen und Berge, als Gott des Helikon viel gemein hat. Dabei aber trägt sie Züge, die gleichzeitig etwas Dämonisches und Archaisches an sich haben und die Gestalt zu einem Mischwesen von Göttlichem und Halbgöttlichem, Menschlichem und Tierischem werden lassen. Als einzig deutlicher Hinweis kommt der Lorbeerkranz und die Erwähnung Hesiods hinzu, die diese Figur in den Rahmen der Dichtung stellen.

In diesem Relief bündeln sich die meisten ursprünglichen Merkmale jener Gottheiten, die den Mythos der Musen ausmachen. Es symbolisiert jenen Gott, der sich beim Orakel der Hippokrene offenbart, und versinnbildlicht gleichzeitig jene Transformation, die der Orakelsuchende erfahren hat, wenn er aus dem Brunnenschacht wieder heraufsteigt. Hesiod ist als Verkörperung des Gottes dargestellt: er ist der Gott der Dichter und der göttliche Dichter zugleich – und das Dreieck auf seiner Stirn die Triade der Musen.

Der Kanon der Literatur

Wichtigster Bestandteil der spirituellen Erfahrung am Helikon war die Bergbesteigung, eine Kalvarie, die zu den Archetypen der symbolischen Erfahrung des Menschen gehört – besonders, wenn man an das Schuhwerk der Griechen denkt. Petrarca hat bei seiner Besteigung des Mont Ventoux für diese Art des Erlebnisses ein sprachliches Paradigma geschaffen. Was jedoch den Helikon betrifft, so ist es ein berühmtes Epigramm des Honestus, das diese Erfahrung beschreibt:

Anstrengung kostete dich der Aufstieg zum Helikon,
aber reichlich belebte dich mit Nektar der Pegasosquell.
Ebenso steil erweist sich der Pfad zur Dichtkunst; erreichst du
jedoch den Gipfel, dann schöpfst du frei vom Musenquell Glück.
(Gr. Anth. VII 230)

Soweit man aus der erhaltenen Literatur schließen kann, nimmt erst Kallimachos um 300 v. Chr. in seinen *Aitien* auf die Verse Hesiods Bezug; seine Dichterweihe erfolgt nach einer Traumvision ähnlich jener Hesiods auf dem Helikon. In seiner *Hymne an Pallas* wiederum läßt er den Seher Tiresias Palls und die Nymphe Chariklo beim Baden in der Hippokrene überraschen. Sein Zeitgenosse Philetas von Kos, der für seine Liebeslyrik bekannt war, berief sich ebenso auf den Helikon, jedoch auf eine andere Quelle, die Aganippe.
Der römische Dichter Ennius, Ende des 3. Jahrhunderts v. Chr., nimmt gleichfalls eine Weihe durch die Musen an der Hippokrene für sich in Anspruch; dabei erscheint ihm im Traum Homer. Zeitgleich mit den Musenspielen am Helikon etabliert sich dieses Motiv zu einem Topos der antiken Literatur, das sich bis in die Renaissance hinein auswirkt. Properz, kurz vor Christus, kann da bereits auf die Dichterweihe als Tradition seit Hesiod, Kallimachos, Philetas und Ennius zurückgreifen:

Kallimachos' Manen und die heilige Stätte des Philetas von Kos,
erlaubt mir, ich bitte, euren Hain zu betreten. Ich bin
der erste Geweihte, der vom reinen Quell getrunken hat und
für römische Feiern griechische Tänze einführte.
In welcher Grotte habt ihr eure Gedichte geschrieben?
Mit welchem Fuß habt ihr sie betreten?
Welches Wasser getrunken? (III 1)

Properz' Frage ist keine nur rhetorische Ausschmückung; er läßt die Hippokrene und die Aganippe zu Symbolen verschiedener literarischer Epochen und Aufgaben werden. Die Hippokrene setzt er gleich mit Homer, Ennius und dem Epos, dessen Musen jene des Pegasos sind; sie steht für den Kanon der archaischen und heroischen Dichtung, von der er sich distanziert:

Es war als läge ich im Schatten der Hippokrene am Helikon,
dem Brunnen, den der Pegasos aus dem Gipfel schlug,
um auf die Könige des antiken Rom ein Heldenlied zu singen.
Ich hatte den Mund schon am Wasser dieser Quelle,
aus der schon der alte Ennius getrunken hatte, um Rhythmus
und Worte für seine Annalen hier zu finden –
wie die drei curischen Brüder die Horatier besiegten, Aemilius
die Makedonier unterwarf und reiche Beute machte,
Fabius durch sein Zögern in der Schlacht von Cannae taktisch
doch noch siegte und die Laren den Hannibal
schließlich ganz aus dem Reich vertrieben, aber auch wie Rom
nur Gänseschnattern vor den Kelten rettete –
als ich plötzlich Apollo sah, der an einem Baumstamm lehnte,
seine Lyra in der Hand und nebenbei noch meinte:

Du Narr – was hast du mit diesen Strömen hier zu schaffen?
Hast du jetzt etwa vor, dich am Epos zu vergreifen?
Mein lieber Sextus – es wird dir nichts bringen; willst du, daß
man dein Büchlein fertig liest, dann passen Streitwagen
nicht zur Idylle von einem Bänkchen auf der Wiese, wo Mädchen
auf die Verehrer warten – eher schon ein Schubkarren.
Weshalb verschlägt es deine Gedichte dann auf diese alte Bahn?
Besser du überlädst den Kahn nicht mit allzuviel Genie.
Halt' das eine Ruder ins Wasser und das andere sicher am Ufer –
mitten auf dem Meer ist der Sturm am stärksten.

Das waren seine Worte. Dann wies er mit seinem Plektrum auf
eine Stelle, wo ein and'rer Steig durch das Dickicht
zu einer Grotte führte, ganz mit grünen Steinen ausgelegt;
Tambourine – als Instrumente der Musen – hingen
von der Decke, ein Tonrelief des Silenos – der Dionysos erzog –
und die Rohrflöten des Hirten Pan; ein paar Tauben –
die ich mag, weil sie die Venusvögel sind – tauchten ihre roten
Schnäbel in den Teich der Gorgo, aus deren Blut
der Pegasos entsprang, und die Musen, die über neun Schicksalen
wachen, machten an ihren Gaben sich zu schaffen:
die erste pflückte Efeu für den Thyrsosstab, die zweite stimmte
die Saiten und die dritte flocht einen Kranz Rosen.
Da legte eine ihre Hand mir auf die Schulter – dem Gesicht nach
war es wohl Kalliope – und sagte ganz vertraulich:

Gib dich zufrieden mit dem Gespann von weißen Schwänen;
kein Streitroß wird dich je in Kämpfe tragen.
Das Signal zum Angriff blasen und unseren Hain unten im Tal
mit Blut zu beflecken ist deine Aufgabe nicht,
noch brauchst du zu erzählen, auf welchem Schlachtfeld

Marius die Kimbern und die Teutonen besiegte,
oder wie im Rhein – rot vom Blut der Sueben – eine Leiche nach
der anderen den Fluß hinab zur Mündung trieb.
Sing von den Hochzeiten – wie man die Braut über die Schwelle
trägt und alle betrunken dann nach Hause torkeln,
damit du sie lehrst, wie man die Eifersucht von Ehegatten
hintergeht und Ehefrauen den Hof zu machen hat.

Ihre Worte waren das – nicht meine. Und sie schöpfte eine Kelle
aus dem Brunnen und trank vom Wasser Philetas'.

(III 3)

Properz ist stellvertretend für seine Generation bereits auf der Suche nach einem neuen Fluß der Dichtung, einer anderen Quelle. Worauf er seinen Akzent legt, ist nicht die homerische Tradition, sondern eine subjektive Note in der Dichtung, die leichte Muse, die sich auf die erotischen Gedichte des Philetas beruft.
Auch der etwas ältere Vergil läßt in seinen Eklogen Gallus, den Nachfolger des Catull und Begründer der römischen Elegie, am Helikon die Weihe empfangen:

Am Wasser des Permessos, so sang er, wandelte Gallus.

Nymphen, wo wart ihr? In Hainen oder waldigen Höhen
als unser Gallus verging vor unerwiderter Liebe?
Es hielt euch doch nichts zurück am Parnass oder Pindus,
nichts an der Quelle Aganippe, Böotiens Stätte der Musen

(VI und X; gekürzt)

Und wie Vergil und Properz mehr die Aganippe nannten, so siedelte auch Ovid die Geschichte der Musen bei der Aganippe an – was damit zu tun hat, daß diese Dichter die Mythen nicht unbedingt auch mit Ortskenntnis verbanden (so hatten Properz und Vergil sicherlich nie das Musental besucht). Was man kannte, war der überregionale Ruf des Musenkultes, nicht unbedingt auch die genaue Topographie des Mythos.
Dies führt nun auch bei Vergil und seiner Dichtung zu einer Bukolik, die den ursprünglichen Hintergrund des Mythos nur mehr als Dekor einzusetzen weiß und die chthonischen Götter und Nymphen zu den leichtfüßigen und hübschen Musen macht, welche die Idyllen bevölkern: als Kulisse. Die Geschichte des sizilianischen Hirten Daphnis, der der Nymphe Echenais untreu und deshalb geblendet wird, wiederholt zwar die archaischen Züge, indem sich bakchantische, erotische und fruchtbarkeitskultische Züge verbinden – doch zu einem neuen Ziel, das nur mehr das Pittoreske sieht und sich epigonal um die Fortsetzung eines griechischen Kanons bemüht, der längst schon alle Relevanz verloren hatte.
Die neue Gattung der Idyllen und Eklogen, von Theokrit über Moschus und Bion, verselbständigte dabei Hesiods Pröömium zu einer eigenen Gattung: Sprecher und Handlungsträger sind Hirten, Wettgesänge und Lieder von Rahmenhandlungen umgeben. Von den sybillischen Zaubersprüchen in Vergils Eklogen bis zur Verarbeitung der Sehnsucht nach einem »einfachen Leben« summiert diese Gattung im Grunde alle Dichtungs- und Erscheinungsformen des Musenkultes, aber die einzelnen Elemente werden schließlich Versatzstücke und, losgelöst von ihrem Ursprung, zu Tautologien: eine anachronistische Romantik. Ein sprechendes Bild dafür ist, daß man an der Aganippe statt der Mutter der Musen Mneme nur

mehr ihre Amme verehrt, Eupheme: den Euphemismus der Poesie.

Das Tal der Musen

Properz' Diffamierung der Hippokrene als Quelle des heroischen Epos im Gegensatz zur Aganippe als Quelle der leichten Muse, zusammen mit der Herausbildung des Helikon als Klischeevorstellung sind nur äußere Belege dafür, daß der Musenkult nach der Zeit Hesiods sich hinunter ins Musental verlegte.
Mit der wachsenden Wichtigkeit des Kultes, seiner sich überallhin ausbreitenden Berühmtheit, wurde wohl der Altar aus organisatorischen Gründen vom Gipfel hinunter ins Tal verlegt; der beschwerliche Aufstieg war für einen größeren Andrang ungeeignet, und als Kultstelle etablierte sich der Hain am Permessos. Die Stoa, der Tempel und das Theater wurden nach den archäologischen Erkenntnissen im 3. Jahrhundert v. Chr. erbaut; eine gefundene Inschrift belegt weiters, daß in

Das Tal der Musen, 1996

diesem Jahrhundert die Musenspiele auf dem Helikon, die man alle 5 Jahre feierte, neu festgelegt wurden.

Die Aganippe

Das Tal bot sich, immer noch mit der Legitimation Hesiods, auch durch seinen Fluß und seine Quellen dazu an: Hesiods Permessos fließt am Musenheiligtum vorbei, die Aganippe war über einen Hügel auf der anderen Seite zu erreichen: der kultische Zusammenhang von Hippokrene und Olmeios konnte auch unten vollzogen werden. Pausanias beschreibt ihre Lage so:

Im Helikon liegt links vom Wege zum Hain der Musen die Quelle Aganippe, und Aganippe soll Tochter des Permessos sein; auch

Die Aganippe im Garten des Klosters Agios Nikolaos, 1996

dieser Permessos fließt am Helikon; am geraden Weg zum Hain steht ein Bild der Eupheme in Relief auf Stein; Eupheme soll die Amme der Musen gewesen sein. Deren Bild befindet sich also hier, aber auch das des Linos an einem Felsen, den man zu einer kleinen Grotte ausgehöhlt hatte; diesem opfern sie jedes Jahr, noch vor dem Opfer an die Musen.
Sie zeigten mir auch eine Bleitafel bei der Quelle, die mit der Zeit stark beschädigt war. Auf ihr aber waren die Tage und Werke Hesiods geschrieben. (IX 29.5 und 31.4; gekürzt)

Die Nymphe Aganippe als Tochter des Flußgottes Permessos verweist wieder zurück auf das bekannte Poseidon-Motiv und die Sage um ihn und die Demeter-Erinys. *Aganos* ist das homerische Adjektiv, mit dem man die Lanzenschäfte Artemis' und Apollos beschrieb. Es bedeutete *einen gnadenvollen Tod verleihen*; demnach heißt Aganippe, das *Pferd, das gnadenvoll zerstört*, ein anderer Name für Pegasos also, den Besieger der Chimaira.
Die Quelle liegt heute bei der Ruine des Klosters Agios Nikolaos. In der Nähe stehen einige Platanen, Oliven- und Feigenbäume, an dem kleinen Klostergarten rinnt die stark fließende Quelle vorbei, rings von dichten Brombeersträuchern umgeben und von den Zweigen eines überhängenden Baums beschattet. Spuren des Altertums sind kaum mehr vorhanden, abgesehen von den vier runden Säulen, welche das Gebälk der Kirche tragen, und einer Inschrift, die Leake entdeckt hat – eine Aufzählung von Siegern bei den Musenfesten.
Die Quelle kommt zwischen Felsen hervor, neben einer malerischen Hürde, die aus alten Mauerresten besteht, vielleicht von einem Heiligtum der Nymphen – so berichten jedenfalls die Reisebeschreibungen des letzten Jahrhunderts; heute läuft auf

Der Musenhain (Aufnahme: P. Jamot) und Rekonstruktion des Hains im 2. Jahrhundert v. Chr. (P. Bonnard)

diesem Damm der Weg zum Kloster. Die Höhle, die Pausanias erwähnt, ist dabei jene Grotte, die Properz in seiner Elegie zitiert. Die Quelle zeichnet sich unter den zahlreichen Quellen um den Helikon durch ihre auch im Sommer nicht versiegende Wasserfülle und den Reichtum der Vegetation aus. Ihr Wasser geht in den Permessos – sie könnte also nach der üblichen mythologischen Ausdrucksweise seine Tochter genannt werden.

Der Hain der Musen

Der Weg zur Aganippe zweigt ein gutes Stück vor dem Musenheiligtum ab; sie selbst ist dem Blick durch einen Hügelkamm vom Tal der Musen verborgen. Der Hain des Helikon liegt am Ende eines von beiden Seiten eingeschlossenen Tales, am rechten Ufer des Permessos – nur wenig abseits von der antiken Straßenführung. Die Lage dieses Museions ist typisch für die ältesten dieser Haine: auf dem Ostabhang des Olymp, in einer engen Schlucht voller Bäche, befand sich die Stadt Libethrion, die Wiege des Musenkultes, zu deren Ehre man ein böotisches Libethrion gründete, ein paar Wegstunden nur von Askra entfernt. Das Museion, das Plutarch bei Cheroneia erwähnt, lag ebenfalls auf einem Berg, am Anfang eines Pfades, und in ein Tal begab sich auch Pythagoras zum Sterben, begleitet von den Gesängen der Musen; das Tal wurde in Erinnerung daran nach ihm benannt. Später, als die Philosophen dann ihre Museia nach den alten Modellen errichteten, situierten sie diese aus Bequemlichkeit unweit von Städten.

Bei den ersten und bis jetzt einzigen Ausgrabungen des Archäologen Jamot im letzten Jahrhundert kamen im Tal der Musen schwarz bemalte korinthische Aryballen – kugelförmige Gießkännchen mit schmalem Hals für das Öl, die man mit Riemen am Handgelenk trug – und böotische Skyphoi – tassenförmige Näpfe mit zwei Horizontalhenkeln am Oberrand, »Vogelschalen« – zum Vorschein sowie Figuren aus gebranntem Ton, die man in die archaische oder gar geometrische Epoche datieren kann, also um 750/700. Zu dieser Zeit stand hier wohl nur ein einfacher Altar aus Stein oder Holz, der Rest des *temenos* dürfte nur aus den den Nymphen heiligen Bäumen bestanden haben. Mit dem sich ausbreitenden Musenkult kamen im Laufe der Zeit Statuen aus Bronze und Marmor unter den Bäumen hinzu und, an den Zweigen aufgehängt, Vasen, Statuetten und Opfergaben in Tonschalen.

In der zweiten Hälfte des 3. Jahrhunderts im Gefolge der Propaganda der Thespier wurden die Musenspiele neu organisiert: Künstler aus ganz Griechenland und Kleinasien nahmen an den Wettbewerben teil, und die Opfergaben und Schenkungen häuften sich. So wurde es unumgänglich, einen monumentalen Altar, einen oder zwei Portiken und ein einfaches Theater zu bauen. Dabei standen vielleicht die Stoen der Philosophenschulen Modell für die Organisation der Zusammenkünfte.

Im Sanktuarium der Musen am Helikon gibt es keinen Tempel; jener in Thespiae stellt eine Ausnahme dar, die wohl für den Erfolg des Musenkultes Zeugnis ablegt: *Nicht weit vom Markt befindet sich eine Nike aus Bronze und ein nicht großer Tempel der Musen; darin stehen kleine Kultstatuen aus Marmor.* (IX 27.5)

Pausanias erwähnt weder einen Tempel im Tal der Musen, noch das Theater oder den Portikus. Die Musen kannten ja kein Bauwerk als Ort ihres Kultes; das lag im Wesen der Riten, nicht an den finanziellen Möglichkeiten ihrer Anhänger. Ein Tempel der Musen ist auch an keinem anderen Ort bezeugt: die Anhänger Pythagoras' opferten den Musen nur an einer *oikia*; und als Cicero den Sterbeort des Pythagoras besuchte, war es auch nur ein *locus*, dem er seine Ehrerbietung abstattete – von einem Tempel ist nicht die Rede. In Delphi erwähnt Pausanias nur einen Tempelbezirk und einen Altar; in Sparta und Troezen besaßen sie nur einen *hieron* – und mit diesem Wort bezeichnete er auch das Tal der Musen. Plato reservierte seiner Schule ebenso nur einen Tempelbezirk im Hain des Helden Akademos, mit einem Altar, verschiedenen Statuen und einer Excedra für die Vorträge. Die Schüler Platos – nach dem

Vorbild des Pythagoras – bauten sich kleine Hütten in der Nähe ihres Museion und stellten ihre Meditationen unter das Patronat der 9 Musen.
Die Abgeschiedenheit der Musenheiligtümer mit ihren Statuen war ein Vorbild für die philosophischen Gärten; Cicero hatte in Tusculum seine Akademie und sein Lyzeum – und so wurde es bald eine Sache des sozialen Status, Gärten zu haben mit Statuen, Büsten von Philosophen oder Dichtern, Orpheus, der die Tiere bezaubert – so entstand schließlich der Begriff des Museums: nicht weil es die Vorstellung eines Tempels beinhaltete, sondern weil es eine Sammlung von Kunstobjekten und Reliquien in einem Hain bezeichnete, die für die Gegenwart der Götter standen.

Der Altar

Im Sanktuarium der Musen ist der Altar das Heiligste. Ursprünglich hatten die Musen nur einen Altar aus Holz oder Stein, vergleichbar jener Plattform, die Pausanias beim Trophonios-Orakel beschreibt:

Eine Plattform aus Marmor ist ringsum gebaut in der Größe wie eine ganz kleine Tenne und weniger als zwei Ellen hoch. Auf der Plattform stehen Gitterstäbe, die ebenso wie die sie verbindenden Bänder aus Bronze sind; in sie sind Türen gebaut.

Anfang des 3. Jahrhunderts aber baute man den Musen einen hohen Altar, dessen *thymele,* die Deckplatte, von den Stufen eines Sockels getragen wurde. Die Dimensionen der Ruinen dieses von Jamot ausgegrabenen Altars betragen 5,8 × 9,8 Meter; die Überreste fand man unter der Kapelle Agia Triada,

Der Musenaltar, 1888
(Aufnahme: P. Jamot)

die in ihrem Namen bereits die Triade der Musen aufgenommen hat. Der Altar ist nach Osten orientiert, ca. 2 Meter über einer großen Plattform, isoliert in der Mitte einer freien Esplanade, die zu ihm führt.

Priester und Priesterinnen (in welcher Hierarchie ist nicht mehr zu entscheiden) wohnten das ganze Jahr über im Hain und brachten den Musen und auch dem Linos regelmäßig ihre Opfer dar. Von den Priesterinnen sind einige Statuen ausgegraben worden, unter anderem eine, welche vor ihrer Brust eine Schale mit kleinen Kuchen als Opfergabe hält.

Das Musenopfer

Was man den Musen geopfert hat? Dem ursprünglichen Wesenszug eines Fruchtbarkeitsritus gemäß, der auf die Saat und das Korn, das Wasser und die Erde ausgerichtet war, werden es wohl vegetarische Produkte gewesen sein, so wie Pythagoras

Der Musenaltar, 1888
(Aufnahme: P. Jamot)

dem Apollo opferte: *da man auf diesem Altar lediglich Weizen, Gerste und Opferkuchen niederlegt, ohne Feuer, und keine Opfertiere geschlachtet werden.*
Ein Weih-Epigramm aus dem 1. Jahrhundert v. Chr. für Pan in der *Griechischen Anthologie* beschreibt diese Art von Opfergaben näher:

Vollreife Weintrauben, Stückchen süßer und reifer Äpfel,
köstlich kraftvolles Fleisch, wie es die Schnecke uns schenkt,
Mandeln und Honig, die göttliche Gabe der Bienen,
Kuchen, kräftig gewürzt, Sesam und Honig im Teig,
Knoblauch, zum Fördern des Durstes, Birnen,
schmackhafter Nachtisch zum Trunk: Philoxenides verehrt
Pan, den Stabträger, Priapos auch, den aus Holz Geschnitzten,
all dies als Weihegeschenk, Beitrag zum einfachen Mahl.
(VI 232, Krinagoras)

Von den orphischen Hymnen ist ebenfalls bekannt, daß sie einleitend angaben, wie den Göttern mit Rauch zu opfern sei: dem Dionysos etwa mit Storax-Harz. Die Inschrift der Polymnia, die man fand, weist auf diese Rauchopfer hin:

Ich, Polymnia, Tochter des Zeus, schicke diesen Nektar-
Rauch und statte damit dem Vater den heiligen Dank ab.

Am üblichsten jedoch waren einfache Blumengaben, zu Kränzen geflochten; von dort her rührt auch der Ausdruck von den »bekränzten« Dichtern. Von Meleagros ist eine lange Liste der dafür geeigneten Blumen überliefert, von der wir nur kurz den Anfang zitieren:

Muse, wem bringst du dies Lied, einen Korb voller Blumen?
Oder: wer flocht aus dem Chor solcher Poeten den Kranz?
Hier, Meleagros tat es und weihte zum Andenken seinem
edlen Diokles das Stück als ein willkommenes Geschenk.
Zahlreiche Lilien benutzte er, für Anyte die roten,
weiße für Moiro, einen Strauß Rosen für Sappho dazu.
Für Melanippides nahm er Narzissen in singendem Büschel,
für Simonides einen knospenden Weinrebenzweig.
Blühende, duftende Iris wand er für Nossis dazwischen;
ihr überzog damals Eros die Tafel mit Wachs.
Auch Majoran, süß riechend, flocht er für Rhianos ein;
Safran, lieblich und mädchenhaft zart, Erinna geweiht.
(IV 1)

Doch die Ausmaße des ausgegrabenen Altars zwingen zu einer Korrektur dieser poetischen Idee; die Tradition, nach der Pythagoras trotzdem ein Rind am Altar der Musen nach der

Entdeckung seines berühmten Theorems geopfert habe, scheint wahr zu sein. Ein Epigraph berichtet darüber, daß ein alter Priester der Musen im Tempel in Thespiae um 230 v. Chr. ein Kapital von 4200 Drachmen gespendet habe, was es ermöglichte, 10 bis 20 Opferrinder zu kaufen, alle vier Jahre für das Fest der Musenwettkämpfe – mit Honigkuchen allein hätte man die Artisten nicht satt bekommen.

Der Portikus

Der ionische Portikus erstreckt sich in Nord-Südrichtung quer zum Fuß des Helikon, 40 Meter vom Altar entfernt. Er ist 10 Meter breit und 96,7 Meter lang, mit 36 Säulen zwischen den Anten und ohne Dach. Die erhaltenen Ornamente des Architravs zeigen Verzierungen in Form von Palmetten, darunter ein Motiv, das die Medusa darstellt, mit löwenartigem Kopf, Mähne und Bart. Darstellungen der Medusa fanden sich aber auch auf einem Medaillon und einem Skyphos; ein weiterer Skyphos zeigt Pegasos. Auch die Münzen, die man bei den Ausgrabungen fand, verweisen zurück auf die Mythen der Musen: thespisches Geld mit dem Kopf der Demeter und Silberdrachmen der böotischen Konföderation, die auf der Vorderseite Persephone zeigen. In einem Sanktuarium, wo es weder Tempel noch Schätze gab, diente der Portikus nur dazu, die Ex-Voto zu beherbergen, die zu fragil oder wertvoll waren, um unter den Bäumen aufgestellt zu werden. Theophrast schrieb in seinem erwähnten Testament seinen Schülern vor, ihre den Musen geweihten geographischen Karten im Portikus unterzubringen, während die Statuen und andere *anathimata* im Freien aufgestellt werden sollten. Nach den Ausgrabungen zu schließen – die an der Südmauer Teile von Bronzestatuen und anderes freilegten –, befand sich an jedem Ende der Kollonaden eine verschlossene

Bruchstücke des ionischen Portikus aus dem Museum in Theben

Kammer, um die Opfergaben aufzubewahren, während die Galerie frei zugänglich war. Dort wird man wahrscheinlich die Dreifüße aufgestellt haben: *Auf dem Helikon steht unter anderen Dreifüßen auch als ältester der, den Hesiod in Chalkis am Euripos erhalten haben soll, als er im Sangeswettkampf gesiegt hatte.* Auf der anderen Seite des Flusses begrenzte den Tempelbezirk im Norden ein zweiter, 40 Meter langer Portikus. Pausanias erwähnt in seiner Beschreibung weder den Portikus noch den Altar oder das Theater – als in einem Hain zu erwar-

Ruinen des Portikus, 1888

tende Bauwerke. Seine Aufzählung beschränkt sich auf die aufgestellten Statuen:

Am geraden Weg zum Hain steht ein Bild der Eupheme in Relief auf Stein; sie soll die Amme der Musen gewesen sein. Deren Bild befindet sich also hier und nach ihr Linos an einem kleinen Felsen, der in Form einer Höhle gearbeitet ist; diesem opfern sie jedes Jahr vor dem Opfer an die Musen.

Von den Standbildern für die Musen kommt zuerst die ganze Gruppe von der Hand des Kephisodotos, etwas weiter folgen drei, die wieder von Kephisodotos sind, und ebensoviele andere von Strongylion, einem Mann, der besonders Rinder und Pferde am besten darstellte; die übrigen drei schuf Olympiosthenes.

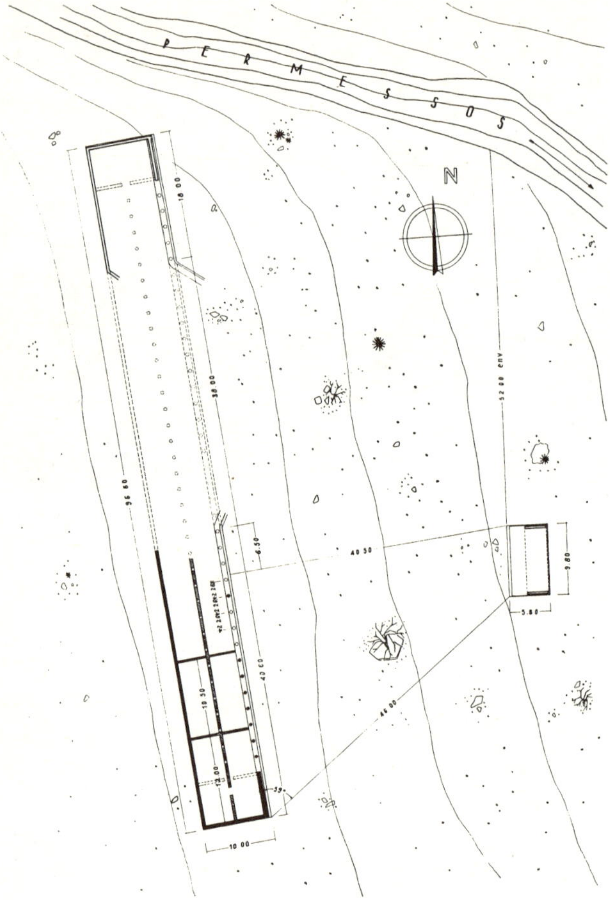

Der Portikus und der Altar nach einer Rekonstruktion von Paul Jamot

Rekonstruktion des Portikus von Paul Jamot

Auch eine Statue von Apollo und Hermes, wie sie um die Leier kämpfen, steht auf dem Helikon, und ein Dionysos: die erste ist von Lysippos, die Statue des stehenden Dionysos – aber das sehenswerteste Werk des Myron nach dem Erechtheus in Athen – ist ein Weihgeschenk Sullas.

Teile der Statue von Lysippos' Apollo

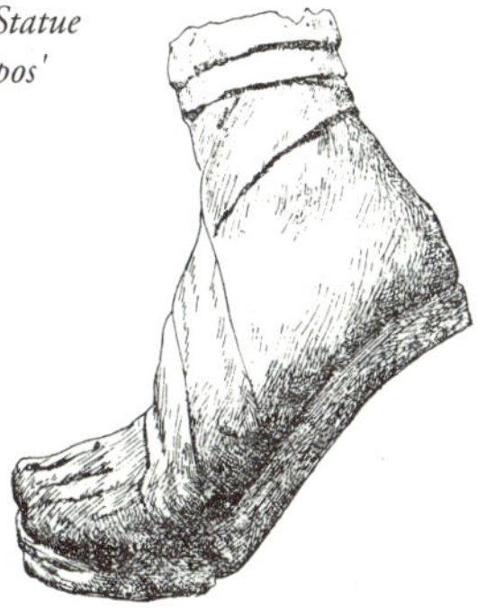

[Bei den Ausgrabungen Jamots kamen Teile der Statue des Lysippos zum Vorschein, ein Arm, Sandalen und anderes. Die Gruppe stellte aller Wahrscheinlichkeit die beiden Götter sitzend dar; Apollo, die Leier in der Hand, die er von Hermes im Tausch gegen seine Rinder erhalten hat und der ihm jetzt bei seinem Spiel zuhört.]

Statuen von Dichtern und sonst im Musischen bedeutender Künstler stellten sie folgende auf: einen Thamyris, der schon blind ist und eine zerbrochene Leier hält.

Arion aus Methymna ist da auf einem Delphin. Der Bildhauer der Statue des Argivers Sakadas, der Pindars Vorwort auf jenen nicht verstand, stellte den Flötenbläser hinsichtlich der Körpergröße nicht größer als die Flöten dar.

Auch Hesiod sitzt dort mit einer Kithara auf den Knien, einem für Hesiod gar nicht passenden Gegenstand; denn es ist schon aus seinen Versen selbst deutlich, daß er zu einem Lorbeerzweig sang.

Der Thraker Orpheus ist dargestellt mit Telete neben ihm stehend, und um ihn herum Tiere, die ihm beim Singen zuhören.

Auch eine Statue der Arsinoè steht auf dem Helikon, die Ptolemaios heiratete, obwohl er ihr Bruder war. Arsinoè reitet auf einem Strauß aus Bronze.

Hier steht auch eine Hirschkuh [Teile von ihr wurden ebenfalls bei Jamots Ausgrabungen gefunden], *die dem kleinen Telephos, dem Sohn des Herakles, Milch gibt, und ein Rind daneben und eine sehenswerte Priaposstatue.*

(IX 29.5-31.5; gekürzt)

Die Ausgrabungen förderten eine große Anzahl von Sockeln weiterer Statuen zutage. Zahlreich vertreten sind solche aus der Diadochenzeit und die Pergamenische Königsfamilie, aber auch römische Statuen sind häufig, u.a. von Augustus und seiner Familie – und von Konstantin, der das Heiligtum dann plündern ließ. Zosimus erzählt, daß unter ihm die Statuen

Altarbegrenzung und Portikus

nach Konstantinopel gebracht und im Buleuterion aufgestellt wurden; sie gingen bei einer Feuersbrunst im Jahre 404 zugrunde.

Das Theater 300 Meter vom Portikus, am Hang, der das Tal zum Helikon abschließt, liegt in einer natürlichen Mulde das Theater. Es wies keine Steinstufen auf – mit Ausnahme des Ranges der Proedrien, der vielleicht Marmorsitze hatte, wie die Ausgrabungen nahelegen. Die Zuschauer saßen entweder auf Sitzen aus Holz oder im Gras, wie in vielen Stadien.

Zur Zeit der Ausgrabungen war die Skene nicht mehr sichtbar. Jamot stieß nur mehr auf das gut erhaltene Proszenium, so daß man auf deren Dimensionen schließen kann: 22,2 Meter lang, 10,5 Meter breit und das Proszenium 2,6 Meter tief. Der Stylobat trug 12 dorische Halbsäulen. Zu datieren ist das Theater frühestens auf die letzten Jahre des 3. oder auf die ersten des 2. Jahrhunderts v. Chr.

Bevor das Theater gebaut wurde, versammelte sich ursprünglich das Publikum für die Musenspiele rund um den Altar. Doch selbst als das Theater dann die Besucher aufnehmen konnte, hat sich der eigentliche thymelische Wettbewerb wahrscheinlich nicht in der Orchestra abgespielt, sondern wie in der Vergangenheit vor dem Altar.

Das Proszenium des Theaters, 1888
Rekonstruktion nach Paul Jamot

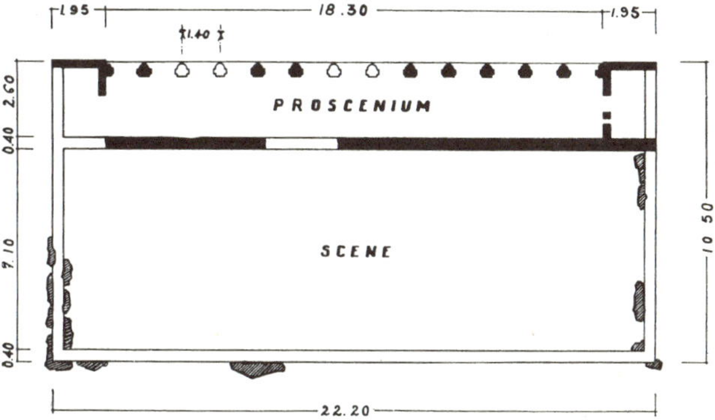

Blick auf das Musental und das Theater, 1996

Die Musenspiele Ein gewisser Amphion von Thespiai schrieb ein Werk in mehreren Büchern über die Mouseia am Helikon. Erhalten ist davon nur mehr eine Passage, die Athenäus zitiert:

Amphion aus Thespiai sagt im 2. Buch über das Musenheiligtum am Helikon, daß auf dem Helikon Reigentänze von Kindern sehr häufig stattfanden, und fügt folgendes altes Epigramm an:

Beides tat ich: ich tanzte und ich lehrte
auch den Männern den Tanz der Musen

Pausanias erwähnt die Spiele nur kurz: *Um den Hain herum wohnen auch Leute, und die Thespier feiern hier ein Fest und einen Wettkampf Mouseia.* Ausführlich geht er nur auf die delphischen Spiele ein:

Der älteste Wettkampf, und für den man zuerst Preise ausgesetzt habe, so berichtet man, sei es gewesen, einen Hymnos auf den Gott zu singen; und es sang und siegte mit seinem Gesang Chrysothemis aus Kreta, dessen Vater Karmanot Apollo entsühnt haben soll. Später als Chrysothemis habe, wie man berichtet, Philammon mit einem Gesang gesiegt und nach ihm Thamyris, Philammons Sohn. [Nach Eusebios siegte Philammon im Jahr 1292 v. Chr.; Proklos in seiner Chrestomathie setzt ebenfalls Chrysothemis an den Beginn.]
Orpheus – aus Prahlerei mit seinen Mysterien und überhaupt wegen seines Stolzes – und Mousaios – der ihn in allem nachahmte – sollen es abgelehnt haben, sich in einem musischen Wettkampf prüfen zu lassen.

Auch Eleuther soll einen pythischen Sieg errungen haben, seiner lauten und angenehmen Stimme wegen, obwohl er keinen Gesang von sich selbst vortrug.
Es wird auch erzählt, daß Hesiod zu dem Wettkampf nicht zugelassen worden sei, da er nicht gelernt habe, zu seinem Gesang zugleich die Kithara zu spielen.
Homer kam nach Delphi, um zu fragen, was er nötig hatte, und obwohl er gelernt hatte, sich auf der Kithara zu begleiten, sollte auch ihm diese Kenntnis wegen seines Augenleidens nichts nützen.

Im 3. Jahr der 48. Olympiade [586/85] *setzten die Amphiktyonen Preise aus für Kitharagesang wie schon von Anfang an, dazu aber fügten sie noch einen Wettkampf im Flötengesang und Flötenspiel. Als Sieger wurden ausgerufen der Kephallenier Melampous im Kitharagesang, der arkadische Flötensänger Echembrotos und Sakadas aus Argos im Flötenspiel; dieser Sakadas errang den Sieg auch an den folgenden beiden Pythiaden.*
Damals setzten sie auch für Athleten zum erstenmal Preise aus, indem sie die in Olympia bestehenden Wettkämpfe außer dem Wagenrennen mit dem Viergespann und den Langlauf und Doppellauf für Knaben einrichteten.

In der zweiten Pythiade riefen sie nicht mehr zum Kampf um Preise auf, sondern bestimmten, daß der Wettkampf fortan nur mehr um den Kranz als Siegespreis gehe. Den Flötengesang hoben sie auf, da sie meinten, es sei nicht glückverheißend, ihn zu hören. Denn der Flötengesang bestand aus den düsteren Flötenmelodien und aus zu Flöten gesungenen Trauerliedern. Das bezeugt mir auch das Weihgeschenk des Echembrotos, ein bronzener Dreifuß, dem thebanischen Herakles geweiht. Der Dreifuß trägt die Inschrift:

Echembrotos, der Arkader, weihte dem Herakles
dies Prunkstück vom Siege am Wettkampf der Amphiktyonen,
wo er den Griechen Lieder und Elegien sang.

So wurde also der Wettkampf im Flötengesang abgeschafft; hinzu fügten sie aber auch Pferderennen.
In der 8. Pythiade [558/57] *richteten sie dazu das Kitharaspiel ohne Gesangsbegleitung ein, und der Tegeate Agelaos wurde bekränzt.* (X 7.2ff.; gekürzt)

Die Geschichte der Musenspiele am Helikon läßt sich bruchstückhaft an den Inschriften ablesen, die bei Jamots Ausgrabungen zum Vorschein kamen. Wann Musenspiele eingeführt wurden, läßt sich nicht mehr eruieren; fest steht nur, daß sie anfangs *agones thematikoi* waren, bei denen die Sieger eine Geldsumme erhielten. Um 250 v. Chr. wurden sie neu organisiert und zu *agones stephanitai* und *isopythioi* umgewidmet wie in Delphi; sie erhielten damit denselben Status wie alle berühmten Wettkämpfe in Griechenland, für die die Teilnehmer ein bestimmtes Alter haben mußten. Die Sieger wurden mit Kränzen ausgezeichnet und erhielten gewisse Privilegien; ihre Namen wurden auf eine Stele eingraviert. Der Wettkampf selbst war *thymelikos*, d.h. nur Musik und Dichtung wurden zugelassen; die Künstler trugen bei der Thymele in der Orchestra vor und nicht wie sonst auf der Skene.
Man eröffnete das Fest mit einem feierlichen Opfer an die Musen, das von der Stadt Thespiai und den Abgesandten der Künstlergesellschaften dargebracht wurde. Den Wettkampf hielt man im Namen der Stadt Thespiae und der böotischen Konföderation ab. Eingeladen wurden dazu Dichtergesellschaften aus ganz Griechenland: Athen, Messene, Theben,

Delphi, Mazedonien, Teos, Chalkis und Zypern. Hauptsächlich präsent jedoch waren die Dichtergesellschaften des Helikon und jene des Isthmos und der Nemea. Ihnen standen die lokalen und föderalen Archonten und der Agonothet vor, der die Spiele ordnete und die Preise verlieh; in der Rangordnung als Juroren kamen danach die Priester der Musen (der aus Thespiai war wie der Agonothet), dann die Priester der jeweiligen Gesellschaften und schließlich der *grammateis*, der Protokollführer.

Mit der Neuorganisation der Spiele um 250 v. Chr. wurde der Wettbewerb alle 5 Jahre abgehalten und in 5 Disziplinen aufgeteilt: epische Poesie, Flöte, Flöte mit abwechselndem Gesang, Kithara und Gesang mit Kitharabegleitung. Kurz danach erweiterte man den Bewerb auf zwei weitere Disziplinen, die Sänger und eine Sparte, deren Namen nicht überliefert ist.

Um 150 v. Chr. wurden die Mouseia erneut umstrukturiert; die böotische Konföderation existierte nicht mehr, und die Stadt Thespiai sandte Botschafter an alle Städte und Königreiche jenseits ihrer Grenzen aus, um sich deren Beteiligung zu versichern. Zu den ursprünglichen 5 Disziplinen kamen noch 10 neue: Prosodion, Trompete, Herald, Gesang, Satyrspiel, Tragödie, Komödie, Schauspieler, die in einer alten Tragödie mitspielen, in einer neuen Tragödie, in einer alten Komödie und in einer neuen Komödie. Dazu verlieh man noch einen gesonderten Preis *epinikion* an jenen, der allen in allen Disziplinen überlegen war.

Über die Zeit zwischen 50 v. Chr. und 150 n. Chr. geben die erhaltenen Inskriptionen keine Auskunft. Wahrscheinlich wurden die Spiele ausgesetzt und erst mit den Antoninischen Kaisern wieder eingeführt. Aus den Katalogen ist jedenfalls ersichtlich, daß sie im 2. Jahrhundert wieder in voller Blüte standen und Künstler aus aller Welt anzogen. Als neue Disziplinen wurden eingeführt: eine Panegyrik (ein lyrisches Gedicht) auf die Musen und eine auf den Kaiser; ein episches Gedicht auf die Musen und eines auf den Kaiser; Flötenbegleitung zu den zyklischen Chören; Flötenbegleitung zu den pythischen Chören.

Mitte des 3. Jahrhunderts setzt der Niedergang der Spiele ein; ihr Programm ist dann nur mehr sehr eingeschränkt: Trompete, Heralde, Gesang, Flötenbegleitung für pythische Chöre und für zyklische Chöre, Kitharabegleitung für zyklische und für pythische Chöre, Chöre und Gesang mit Kitharabegleitung. Lyrische und epische Dichtung ist aus dem Wettbewerb verschwunden, ebenso wie die Lobgesänge auf den Kaiser; das Vorsprechen von Schauspielern der Tragödie und der Komödie und der dramatische Wettbewerb sind auf ein Minimum reduziert.

Die Mouseia schienen ihren Ruf langsam zu verlieren, der Anfang des 3. Jahrhunderts immerhin noch so groß war, daß Philostratos den Helikon zu den berühmtesten Sanktuarien Griechenlands zählte. Mit dem Christentum als Staatsreligion fanden diese Spiele dann ihr Ende, nachdem Kaiser Konstantin das Tal der Musen hatte plündern lassen.

Die Erotideia

Die Feste zur Feier des Eros wurden ebenfalls alle 5 Jahre abgehalten. Pausanias schreibt über sie: *Die Thespier feiern hier ein Fest und einen Wettkampf Mouseia. Sie feiern auch ein anderes Fest zu Ehren des Eros: Preise verleihen sie nicht nur den Mousikoi, sondern auch den Athleten.*

Sie wurden aller Wahrscheinlichkeit nach parallel mit den

Mouseia abgehalten. Ihr Programm war unterteilt, zum einen in rein gymnastische und athletische Disziplinen, zum anderen in Reitsportarten. Ob die Tänze, die Athenäus zitiert, Teil der Mouseia oder der Erotideia waren, ist nicht zu entscheiden. Ausgetragen aber wurden letztere in Thespiai, wo ja ein Tempel der Musen stand – dort wurde auch eine Vielzahl von Marmorstatuen des Eros ausgegraben. Der Standort der Erotideia geht aus dem Anfang von Plutarchs Erotikos hervor, wo Autoboulos und seine Freunde Thespiai verlassen, um dem Lärm des Erosfestes zu entgehen und ihre Ruhe am Helikon, bei den Musen suchen.

Ein Nachtrag: die kastalische Quelle

Die kastalische Quelle, die in den delphischen Komplex integriert war, übernahm mit der Zeit die symbolische Funktion der Hippokrene als Dichterquelle. Nach Pausanias hatte bereits Alkaios im 6. Jahrhundert die Kastalische Quelle in den Mittelpunkt seines Proömiums an Apollo gesetzt; ihre Berühmtheit erlangte sie jedoch erst in römischer Zeit. Bereits zu Properz' Zeiten ist nachweisbar, daß sich die Topographie des Helikon-Mythos immer mehr verwirrte und sich mit Delphi zu überlappen begann; in einer seiner Elegien siedelt er ein *kastalisches Wäldchen* am Helikon an.

Die Übernahme des Musenkultes in den apollinischen Parnaß wird auch dadurch deutlich, daß man Apollo, statt seines todbringenden Bogens die Leier in die Hand drückte und die Musen ihm aufwarten ließ. Die mythische Entstehungsgeschichte verläuft in Delphi parallel zum Helikon: der Ort war zuerst der Göttin Gaia geweiht. Noch in klassischer Zeit hatte Gaia ihren eigenen Bezirk unterhalb des Tempels, wo mehrere zum ältesten Heiligtum gehörende Anlagen des 7. und 6. Jahrhunderts bereits durch Neubauten des 6. Jahrhunderts zerstört wurden. Dort – unter dem südlichen Peristyl des Apollontempels – ist auch heute noch die ursprüngliche Musenquelle neben dem Sanktuarium der Gäa erhalten: ein schmaler Schacht, in dem Stufen hinab zum Brunnen führen. Dem Erhaltungszustand nach, scheint diese Quelle nicht lange benützt worden zu sein; in ihrer Funktion wurde sie dann wohl den Hang hinab zur kastalischen Quelle verlegt, in deren unmittelbarem Umkreis man ebenfalls wieder eine Statue für Gaia aufstellte, wie es Inschriften aus dem 5. und 4. Jahrhundert belegen.

Die Musenquelle in Delphi, 1996

Von der Quelle selbst – am Ausgang der Phaidriadenschlucht – blieb ein jüngeres Brunnenhaus und etwas unterhalb eine ältere Brunnenanlage erhalten. Die Orakelsuchenden hatten sich hier zu reinigen. Pausanias berichtet über sie:

Wenn man vom Gymnasion den Weg zum Heiligtum hinaufsteigt, liegt rechts vom Wege die Quelle Kastalia ... und angenehm zu trinken. Eine einheimische Frau soll der Quelle ihren Namen gegeben haben, andere sagen, ein Mann namens Kastalios. Panyassis, der Sohn des Polyarchos, der ein Epos auf Herakles gedichtet hat, sagt, Kastalia sei eine Tochter des Acheloos; er sagt nämlich von Herakles:

Den schneeigen Parnass auf schnellen Füßen durchstreifend,
kam er zur unsterblichen Quelle der Acheloostochter Kastalia
(X 8.9)

Der Entstehungsmythos der Quelle ist, wie man sieht, weit profaner und oberflächlicher als jener der Hippokrene, und selbst mit dem Zeugnis Panyassis' wird sie nicht mythologischer. Mit dem das Musental überdeckenden Ruhm Delphis wurde der Musenkult von dem des Apollo vereinnahmt und die Kultstätten hierher transferiert: in römischer Zeit standen Parnaß und Kastalische Quelle für den Sitz der Musen; Helikon und Hippokrene waren bereits dabei, vergessen oder als archaischer Mythos Motiv der Parodie zu werden. So dichtete bereits Antipatros von Thessalonike im 1. Jahrhundert unserer Zeit:

Helikon, Berg Böotiens, oftmals ließest du deine
Quellwasser heiter und klar aufsprudeln für Hesiod.
Heute versorgt mich ein Junge gleichen Namens als Mundschenk
mit ausonischem Wein, der noch viel köstlicher quillt.
Einen *Becher von diesem trinke ich, ehrlich, viel lieber*
als an die tausend vom Born, der für den Pegasos fließt.
(Gr. Anth. XI 24)

ANHANG

Marmoromphalos Delphi

QUELLENANGABEN

Zitate und Paraphrasen
(zitiert wird nach den gebräuchlichen Abkürzungen):

Vorwort
– Calvert Watkins, *Irish and Indo-european Poetry*, Celtica VI, 249ff.
– J. E. Caerwyn Williams, The Irish Literary Tradition, Cardiff 1992, 11–49
– Hesiod, Werke und Tage, 640

Kosmogonie des Thales
– Aristoteles, Metaph. A3, 983b 20f.
– Aristoteles, Cael. B13 294a 28f.
– Aristoteles, De an. A5 411a 8f.

Geburt der Aloiden
– Apollodor, I 7.4
– Pausanias, II 3.8

Hekate
– Jean Bollak, *Mythische Deutung und Deutung des Mythos*, in: Terror und Spiel, hrsg. v. Manfred Fuhrmann, München 1971, 111–117
– A. de Ridder, *Fouilles de Thespies*, BCH 46, 263f.

Gigantomachie
– Odyssee, XI 305-20

Der erste Musengesang
– Hellanikos, Eur. frag. 484
– Pausanias, IX 22.5

Das Prometheusmotiv
– A. Plassart, Fouilles, BCH 50

Die Aloiden
– Robert Graves, The Greek Myths, 37.1

Linos
– Gérard Lambin, La chanson grecque dans l'antiquité, Paris 1992, 143–148

Ephialtes und Otos
– Eratosthenes FGRH II 101
– A. Plassart, *Inscriptions (6e article),* BCH 50, 389

Pan
– Robert Graves, The Greek Myths, 35.3
– Pausanias, IX 31.2

Dionysos und die Mänaden
– Pausanias, IX 22.6
– A. Plassart, *Inscriptions,* 393

Der Dithyrambos
– Gérard Lambin, La chanson grecque, 340 ff.

Eros
– Hesiod The. 120ff. und 62ff.
– Paul Jamot, *Les jeux en l'honneur des Muses,* BCH 19, 383
– A. Plassart, *Inscriptions,* 405

Die Chariten
– Plutarch, mor. 299b
– Pausanias, VI 24.6
– Odyssee, VIII 364
– hom. Hymn. VI 61f.

Der Tod der Aloiden
– Hyginus Fab. 28
– Apollodor, I 6.2

Der Steinkult und das Double
– Plutarch, de frat. amore 478A
– Jean-Pierre Vernant, Mythe et pensée chez les Grecs, Paris 1988, 325ff.

Das Orakel
– Paul Jamot, *Thespies*, BCH 15, 659

Honig
– Jan Hendrik Waszink, *Biene und Honig in der Dichtung der griechisch-römischen Antike*; Geisteswiss. Vorträge der Rheinisch-Westfälischen Akad. d. Wiss. 196, 1974

Die Inspiration und die Mantik
– Mircea Eliade, Schamanismus und archaische Ekstasetechnik, Frankfurt 1975
– Euripides, Bakch. 299f.
– Plato, Phaidr. 244C
– Robert Graves, The White Goddess, London 1961, 439f.

Orpheus
– Mircea Eliade, Schamanismus, 369ff.

Das Distichon und die Elegie
– Solon, 1G.-P

Der Paian
– Gérard Lambin, La chanson grecque, 313–318

Tabellae defixionem
– Catherine Salles, *L'Angoisse de l'imprecateur – les Tabellae defixionem,* in: L'Evolution Psychiatrique, 56, 3, 1991, 545ff.
– Antike Zaubersprüche, hrsg. v. Alf Önnerfors, Stuttgart 1991
– Robert Graves, The White Goddess, 422f.

Magische Kräuter
– Robert Graves, The White Goddess, 462f.
– Plinius, Nat. Hist. XXV 5
– Lucretius, VI 787ff.

Drei Epigramme der Musen
– A. Conze, Miscellen, Philologus 19, 1863, 181f.

Mneme und die Erinnerung
– Plutarch, De fraterno amore 6
– Plutarch, Quaest. conv. IX 14.1
– Emil Staiger, Hölderlins Ode: Dichterberuf. Eine Interpretation, Bern 1958, 73f.

Die Mystik
– Franz Fühmann, Marsyas, Mythos und Traum, Leipzig 1993, 416

Mnemosyne
– Pindar fr. 12
– Hesiod, Theog. 55f.

Das Gedächtnis
– Orph. hymn. 77
– Orph. frg. 297c
– Pindar, Paian VI 54
– Sappho, lyra graeca 11

Die Mnemotechnik
– M. V. McDonald, *Orally Transmitted Poetry in Pre-Islamic Arabia and other Pre-Literate Societies,* Journal of Arabic Studies, IX, 15ff.

Die Triade der Musen
– Thrasybulos Georgiades, Musik und Rhythmus bei den Griechen, Hamburg 1958, 42f. und 8f.

Die vierte Muse
– Arat, Tzetz. Schol. Hesiod Op. I 23

Vom Aoidos zum Lyriker
– Demokrit B 18
– Plato, Symp. 205bc
– Plato, Nom. 700de
– Plato, Phaidr. 275a

Die Namen der Musen
– Odyssee, XXIV 60
– Varron, Frag. 329

Die Chorlyrik
– Plutarch, Lys. XVIII 5

Die Statuen der Musen
– Paul Jamot, *Le monument des Muses dans le bois de l'Helicon et le poète Honestus,* BCH 26, 129ff.
– Cassiodor., Variar. I 4, epist. 51
– Plutarch, Sympos. IX 14.8

Das Pferd und die Quelle
– Fritz Schachermeyr, Poseidon und die Entstehung des griechischen Götterglaubens, Salzburg 1950

Poseidon und Demeter
– A. Plassart, *Inscriptions,* 418f.

Poseidon und die Musen
– hom. Epigr. VI

Medusa
– Jean-Pierre Vernant und Pierre Vidal-Naquet, La Grèce ancienne, *Rites de passage et transgressions,* Paris 1992, 298ff.

Der Mythos des Marsyas
– Diodorus Siculus, III 58f.
– Hyginus Fab. 165
– Apollodor, I 4.2

Die Schlange
– Paul Jamot, *Fouilles à Thespies et à l'Hieron des Muses de l'Helicon (1),* BCH 15, 401

Der Spiegel der Medusa
– Jean-Pierre Vernant, L'individu, la mort, l'amour – *Soi-même et l'autre en Grèce ancienne,* Paris 1989, 117ff.

Der Tod, der Stein und die Stille
– Jean-Pierre Vernant, Mythe et pensée chez les Grecs, Paris 1988, 333ff.

Bellerophontes
– Hesiod Theog. 319ff.
– Apollodor, II 3.2
– Pindar, Olymp. Od. XIII 63ff.
– Hyginus Fab. 157
– Ilias, I 37 und 430
– Philostrates iunior 17
– Valerii Flacci Argonautica, I 391

Die Entstehung des Helikon
– Avienus Arat 489f.
– Hesychiosios in Schol. Persius prol.1
– Ovid, Met. V 250ff.
– Antonius Lib. 9

Die Hippokrene
– Heinrich Nikolaus Ulrichs, Reisen und Forschungen, Bremen 1840–1863, II 97ff.
– Friedrich Gottlieb Welcker, Tagebuch einer griechischen Reise, Berlin 1865, II, 37ff.

- H. G. Lolling, Reisenotizen aus Griechenland, 1876 und 1877, Berlin 1989, 621ff.
- A. Plassart, *Inscriptions,* 385f.

Der Zeustempel am Helikon
- hom. Hymn. XXII und hom. Epigr. VI
- H. G. Lolling, Reisenotizen, 626

Der Olmeios
- Paul W. Wallace, *Hesiod and the Valley of Muses,* GRBS XV, 1974, 5ff.

Der Gott der Dichter
- Paul Jamot, *Stèle votive trouvèe dans l'Hièron des Muses,* BCH 14, 546ff.

Das Tal der Musen
- Georges Roux, *Le val des Muses et les Musées chez les auteurs anciens,* BCH 78, 1954, 22ff.
- Paul Jamot, *Fouilles,* 659ff. und 46, 1922, 217 f.

Die Aganippe
- Robert Graves, The White Goddess, 384
- H. G. Lolling, Reisenotizen, 626

Der Hain der Musen
- Georges Roux, *Le val des Muses et les musées chez les auteurs anciens,* BCH 78, 22ff.

Das Musenopfer
- Diogenes Laertios, VIII 13
- Vitruvius, IX 214
- Paul Jamot, BCH, 60, 1936, 178, 1.23–27 und 396, 397, Fn. 1

Der Portikus
- Paul Jamot, *Fouilles,* 381ff.
- Zosimus 2.21 und 5.24
- Eusebius, de vita Constant. 3.54

Die Musenspiele
- Pausanias, IX 31.3
- Paul Jamot, *Les jeux en l'honneur des Muses,* BCH 19, 321ff.
- Athenaeos, XIV 629a
- Philostratos, Vit. Apoll. IV 24.1
- Plutarch, Amat. I 748f.
- Sylloge. or. Nr. 1819

Die Erotideia
- Pausanias, IX 31.3

Die kastalische Quelle
- Plutarch, *De pyth. or 402*
- Jean-François Bommelaer, *Guide de Delphes – Le Site,* Paris 1991, 228ff.

Als nicht näher zitierte Ausgangsbasis für diesen Essay wurden folgende Standardwerke verwendet:

- Der Kleine Pauly, München 1979
- Paulys Realencyclopädie der classischen Altertumswissenschaft, Stuttgart 1894ff. (besonders die Artikel *Aloiden, Ephialtes, Helikon, Hippokrene, Musai, Musental)*
- Michael Grant und John Hazel, Who's Who in Classical Mythology, London 1973
- Albin Lesky, Geschichte der griechischen Literatur, Bern 1957/58
- Die griechische Literatur in Text und Darstellung, hrsg. v. Herwig Görgemanns, 5 Bände, Stuttgart 1985
- Die römische Literatur in Text und Darstellung, hrsg. v. Michael v. Albrecht, 5 Bände, Stuttgart 1991
- Eike Barmeyer, Die Musen, München 1968

Den einzelnen Texten und Textauszügen liegen folgende Ausgaben zugrunde; zum großen Teil wurden sie bearbeitet.

- Robert Graves, The Greek Myths, 2 Bände, London 1960
- Karl Kerényi, Die Mythologie der Griechen, 2 Bände, München 1966
- Pausanias, Reisen in Griechenland, 3 Bände, Zürich 1986–89
- Hesiod, The Homeric Hymns and Homerica, hrsg. v. Hugh G. Evelyn-White, London 1982
- Hesiod and Theognis, hrsg. v. Dorothea Wender, London 1973
- Hesiod, *Theogonie*, hrsg. v. Karl Albert, Sankt Augustin 1993
- Homer, Odyssee und Homerische Hymnen, hrsg. v. Anton Weiher, München 1986
- Pindar, Oden, hrsg. v. Eugen Dönt, Stuttgart 1986
- Theokrit, Sämtliche Dichtungen, hrsg. v. Dietrich Ebner, Frankfurt 1973
- Hellenistic Poetry – An Anthology, hrsg. v. Barbara Hugh Fowles, Wisconsin 1990
- Die Griechische Anthologie, 3 Bände, Berlin 1991
- The Greek Anthology, hrsg. v. Peter Jay, London 1973
- Properz, Sämtliche Gedichte, hrsg. v. Burkhard Mojsisch, Stuttgart 1993
- Propertius, The Poems, hrsg. v. W. G. Shepherd, London 1985
- Virgil, The Eclogues, hrsg. v. Guy Lee, London 1980
- Vergil, Hirtengedichte, hrsg. v. Harry C. Schnur, Stuttgart 1968

Kalksteinomphalos Delphi

Thomas Bernhard im dtv

»Wer in eine Übereinstimmung gerät mit dem radikalen Ernst, mit der glitzernd hellen Finsternis der Bernhardschen Innenweltaussagen, ist angesteckt, fühlt sich sicher vor Heuchelei und gefälligen Künstlerposen, leeren Gesten, bloßer Attitüde.«
Gabriele Wohmann im ›Spiegel‹

Die Ursache
Eine Andeutung
dtv 1299
Thomas Bernhards Internatsjahre zwischen 1943 und 1946. »Wenn etwas aus diesem Werk zu lernen wäre, dann ist es eine absolute Wahrhaftigkeit.« (Frankfurter Allgemeine Zeitung)

Der Keller
Eine Entziehung
dtv 1426
Die unmittelbare autobiographische Weiterführung seiner Jugenderinnerungen aus ›Die Ursache‹. Der Bericht setzt ein, als der sechzehnjährige Gymnasiast beschließt, sich seinem bisherigen verhassten Leben zu entziehen …

Der Atem
Eine Entscheidung
dtv 1610
»In der Sterbekammer bringt sich der junge Thomas Bernhard selber zur Welt … Aus dem Totenbett befreit er sich, in einem energischen Willensakt, ins zweite Leben.« (Die Zeit)

Die Kälte
Eine Isolation
dtv 10307
Mit der Einweisung in die Lungenheilstätte Grafenhof endet der dritte Teil von Thomas Bernhards Jugenderinnerungen, und ein neues Kapitel in der Lebens- und Leidensgeschichte des Achtzehnjährigen beginnt.

Ein Kind
dtv 10385
Die Schande einer unehelichen Geburt, die Alltagssorgen der Mutter und ihr ständiger Vorwurf: »Du hast mein Leben zerstört« überschatten Thomas Bernhards Kindheitsjahre. »Nur aus Liebe zu meinem Großvater habe ich mich in meiner Kindheit nicht umgebracht«, bekennt Bernhard rückblickend auf jene Zeit.